よしもとばなな

イルカ

文藝春秋

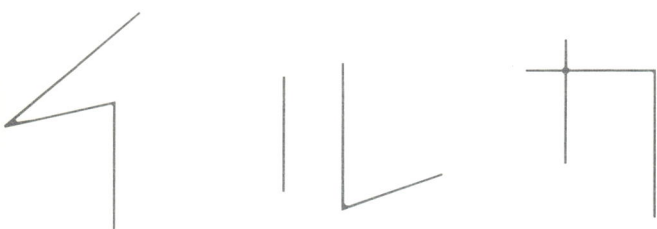

イルカ

冬の終わりに、悪性のインフルエンザにかかった。

そこから全てが始まったし、それがなかったら何もなかったと私は思う。あんなにいやなことで、たまらなくて、ないほうがいいようなことだったのに、それが全ての大切なポイントだった。

それこそが人生の妙なのだなという気がする。

起きようにも起きられないほどの高熱が出たのだが、日頃丈夫なので、そんなことは生まれて初めてだった。起きあがろうとするとふらふらっとして、へたりこんでしまう。水やジュースを飲むのがやっとだった。

病院に行けるようになるまでにも二日間を要した。

高熱のあまりその水やジュースさえ何回も吐いてしまい、ふらふらしてやっとのことでタクシーに乗った。最後にお金を渡すとき、運転手さんが私の手に触って「熱い！」と言ったのを覚えている。長い間ドアを開けていてもらって、やっとのことで車から降りた。

医者は「ガン細胞も死ぬほどの熱ですね」と冗談を言い、私は点滴してもらいながら、なんとか笑顔を返した。その点滴と解熱剤だけでかなり回復したがふらつきは残っていて、そこから家に帰るのもタクシーに倒れ込むような感じで乗り、やっとたどりついたのだった。

病院のベッドはいっぱいで入院できなかったので、通いで数日間にわけて何回か点滴をしてもらった。体重もあっという間に五キロ減った。


実家に帰ってもよかったのだが、母は私が高校生のときにガンで死んでしまっていて、今では妹と父親がいるだけだった。年老いた父をわずらわせるのがいやだったので、お願いして妹に部屋に泊まりに来てもらった。

そんなことで妹を頼るのは初めてで、なんだか新鮮な感じがした。人生はいくつになっても必ず新鮮な気分になれる出来事が待っているものだ。健康なときには妹を自分の部屋に呼ぶなんてあまり考えたことがなかった。

四つ年下の甘えっ子の妹は頼られたのが嬉しかったらしくて、ものすごく誇らしげにやってきた。

そして、病人にはとうてい食べられそうもないフライドチキンとかハンバーガーとかを買ってきては自分も食べながら勝手に私の部屋でごろごろしているだけで、いちいち「洗濯機を回してくれる？」とか「この氷枕を取り替えてくれる？」とか言わなくてはならないので、いるほうがかえって大変なような気もしてきた。

それでもじょじょに回復していく過程で余裕があったので、妹が居間でお腹を出して寝ているのなんかを見ると、体の中のどこかが心地よかった。

それだけでインフルエンザの菌がもたらす、体がぎしぎしいうような痛み苦しみが和らいでいくのがわかった。泥の中をころがりまわってその汚い服のまま寝てしまうみたいな、血のつながりの中に生まれる生温かい安心感だった。

目が覚めたとき、家の中が暗くて、人が誰もいない。音もしない。それは昔から私にとってそんなに淋しいことではなかった。ひとりでいるのがそんなに苦ではなかったし、いつの時期も外では忙しくしていたので、家では静かにしていたかった。

それに症状がピークのときは、ただ熱の中に閉じこめられているだけで精一杯だった。自分で立ち上がって、電気をつけるのは信じられないくらいに面倒くさかった。だから汗でしめった体のままで、じっとベッドの中にいた。命の炎を貯金しているような感じがした。大げさだけれど、そのくらいにせっぱつまっていたのだ。

突然の、初めての淋しさが襲ってきたのは、ほんの少し余裕が出てきてからだった。ひとりで寝ていたら急に、今自分のいるところがとてつもなく淋しいどこかの星の上という気がしてきたのだ。自分がふだん気に入っている部屋の中にいるのに、全てがとてもよそよそしく感じられた。

窓に外の街灯の明かりが映って、青白い色になっていた。部屋の中もその青白さでいっぱいだった。上の階か下の階か、どこかの物音や人の声がする……人のたてる音はいつも耳に快かった。それでもそのときの私にはそれも遠くの、いつか聞いていた懐かしい何かにしか聞こえなかった。その淋しさには妙に趣《おもむき》があり、まずい、と私は思った。この味わいを好きになってしまうと、他人がいない人生でも全然大丈夫になってしまう。まだ三十三歳でそれはまだ早すぎる、なんだかそういう焦りを感じたのだ。

それで、いつものように友達や昔のボーイフレンドに声をかけるでもなく、妹を呼んでしまったのだろうと思う。

それほどにひとりぼっちの苦しみにうとい私ではあったが、妹が来てくれて、寝ている私の耳に買い物に行っている妹が帰ってくる足音が聞こえると、心底ほっとした。

別にそんなことを恋しがってるわけではなかったのに、体全体が勝手に喜ぶ感じがあった。子供の頃、家に人がたくさんいた頃、階段のある家に大勢で暮らしていた頃、蓄積されていった温かいなにかが妹の匂いや気配や足音でよみがえったのだろう。そのときの私には何かが足りなくて、それはきっとそういう泥くさい血なまぐさい感じだったのだと思った。体中が納豆のようにべたべたしていて、髪の毛もなんとなくがさがさしていて、熱で顔の皮もむけている生々しい自分の姿が、私を過去へと呼び戻したのだろう。

それらは大人の私の中ですっかり眠っているのだが、小さいきっかけでせきを切ったようにあふれだし、ずっと忘れていたことを切なくせめるような感じがした。

家とか実家を象徴している存在であった「お母さん」が死に、家を出て行き当たりばったりの暮らしをしていることで、どんどん小さくなっていった生活の生々しさが生き返ってきた感じがした。

きっと自分に子供でもいれば、子供の視点で自分を見れば、それらは簡単によみがえってきてたのだろう、でも、今は妹がそれを私の小さい部屋にもたらしたのだった。


鍵が回る音がし、ドアが開く。妹が靴を脱いで、電気をつける。

「おねえちゃん起きてる？　生きてる〜？」

と声がしてくる。

私たちは歳も少し離れているし、あまりにも趣味も生活も違うので、大人になってからはめったに会わない姉妹だった。私はいつでもどこかに出かけているし、妹は父のやっている不動産屋の事務を手伝っているので、時間帯もまるで合わない。こんなに妹とまとめて過ごしたのは家族旅行以来ではないか、という気がした。

「起きてるよ、熱もだいぶ下がった、ありがとう。」

私はか細い声で言った。

「今さ、いい牛肉買ってきたから、すき焼きしよう！」

妹は笑った。

いい牛肉ってさ、それは私のお金で買ってきたんだろう……しかも、この体調ですき焼きかよ、と思ったけれど、言わなかった。いつもなら絶対言ってしまうのだが、妹がいるのが楽しかったのと、きっとよかれと思ってやっているんだろうなあと思った。

妹の料理のレパートリーはすき焼きとカレーだけなのだから、しかたがない。呼んだ自分が悪い。

だいたい、妹を呼んだこと自体が、かなり弱っていた証拠だなあ、と少し体調がよくなったからこそ思った。自分のペースに合わないこの肉親がやっとうっとうしく感じられてきたのだった。数日前までは床をぺたぺたと歩く妹のはだしの足を見ただけで愛《いと》おしくて涙ぐんでしまうほどだったのに。

肉がぐつぐつ煮えている音を聞いていたが、全然食欲はわかなかった。食べられるのだろうか、と心配になった。それでも一口食べてみると、思いの外肉の味をおいしく感じたので、私はびっくりした。これもまた体が勝手に食べていく、そういう感じがした。私はどれだけ体をないがしろにして、でくのぼうみたいに扱ってきたのだろう、と思った。頭で考えていいと思うことばかりを体にも強いてきたけれど、実際には体が勝手に前に出てくるこういうときもあるのだと改めて思った。

そして自分の体が菌におかされ、熱を出し、菌と戦い、一時は負け、しだいに優勢になってきて、汗といっしょに死んだ菌が体の外に出て行き、治ってきた、その小さい旅の過程を思い出していた。途中はどうなることかと思うほどにつらかったけれど、確実に治癒《ちゆ》の過程を歩んできたのがよくわかった。

いつか自分が死ぬときには、どうしても治らなくなって、もっと大きな治癒の世界に抱かれるのだろうな、と思った。

そして、たとえ小さくてもちゃんと初めから終わりまで流れていった治癒の旅全体をすばらしいなと思った。この苦しみは、生きている証《あかし》で、こんなに平凡な毎日の中にも死に密接した営みがある。死の匂い、終わっていく匂いを私は確かに渦中でかいだ。それはかすかなものだったけれど、確かにそこにあった。そこからじょじょにここまで回復してきたのだと感じた。

治っていくときには、なにもかもが幸福に見えるものだ。

生命自体になにかの流れがあり、それに勢いがつくのだろう。

それに、いつもだったら、妹のネギの切り方がめちゃくちゃ（なぜかラーメンにのせるみたいな小さな輪切りになっているのだ）なこととか、肉が全然切っていないからものすごく大きくて喉につまりそうだとか、そういうこともつい言ってしまっただろう。焼きどうふもみそ汁に入れるような大きさにしなくていいよ、とか。なんですき焼きに里芋が入ってるの？　とか。そうするとばかな妹は必ず「せっかく作ってあげたのになによ」と怒り出して、くだらないけんかになって楽しくない席になる。

たぶんそのうちこの世でふたりきりになるのだから、きっとなんでも話し合わないといけないのだが、自分はいまや、いまだに父親べったりで甘やかされて暮らしているこの妹の母代わりなのだと意識すると、つい心配して小言を言ってしまうのだった。

それがでたらめに生きてきた私に唯一残っていた社会性かもしれなかった。

死んだ母親にあまりにも世間体や社会の決まりをうるさく言われすぎて、私はそういうことがなにもかも、どのようにも受け入れられなくなっていたのだ。それは反発ではなかった。自分を小さく小さくしていって、なるべく最小限のものだけを最大に受け入れていく、そして摩擦を少なくする、そういうやり方を身につけたのだった。

だから、妹が食べやすいように、好きなようにすき焼きを作るのは、とてもいいことなはずだった。その人がしたいようにすればいいのだ。大人になってあまりにもたくさんのものを見てきて、私はほんとうにそう思うようになっていた。

私が気になるのは、妹もよそでもすき焼きくらい食べるだろうに、その細部を全く見ていないという甘さと鈍さだった。そんなザルみたいな目でこの世を見ていると、きっと大きくなにかを見のがして、失敗しやしないか、そんなことだった。

しかし、熱のあとであまりしゃべれないということもあって、今日の私は限りなく優しい気持ちになっていた。

私はなんの小言も言わなかったし、おいしいねと言ってゆっくりと食べた。

それによって妹は誇らしげで、ごはんを何ばいも食べて、インフルエンザがうつった様子もなくて、にこにこと笑顔だった。考えてみたら、いちばんひどいときの私に接しにわざわざ来てくれたんだから、ほんとうにありがたいと私は思った。いつもがっちりとマスクをしてはいたけれど、うつるのがこわいから遠巻きにしているという様子もなく、言われたことはみなきちんとやってくれたので、家の中もそんなに荒れてはいなかった。

それがまた病み上がりの私には嬉しかった。

おいしいね、と普通に言うたびに、妹は笑顔になった。

お母さんが死んでから、こんなに素直に過ごしたことはあったかな、私はきっと気負いすぎていたんだ、と思った。妹に必要なのはただ承認されることだったんだ。なのに私は将来の心配ばかりしていて、小言を言ってばかりいた。将来の心配なんて自分に関しては絶対にしないのに、身内だと別で、そのことに気づきもしないものなんだな。そういうふうに思えた。

まるで生まれ変わったかのようだった。妹を見るたびに生まれてきていた母の視点、責任と心配の薄いベールが、熱と共にふっと取り去られたのだった。

そんな私の気持ちを知ってか知らずかわからないが、

「お姉ちゃん、私、昨日お姉ちゃんが死んだ夢を見たの。」

と妹が突然言った。

「えんぎでもない。」

私は言った。

「あ、でもね、死んだ後でも、そこではしゃべったり会ったりできることになっていたの。それでね、昔住んでいた家の居間で、みんなで会ってちゃぶ台を囲んでいるの。」

妹は言い、私は言った。

「それはえらく懐かしい感じね。あのちゃぶ台、お母さんが病気になって改装したときに捨ててしまったものね。お母さんもいたの？」

「そう、家族四人で、座っているの。テーブルの上だけはどうしてか法事のごはんみたいなのが並んでいたの。お寿司とか、お吸い物とか、甘く煮たおさかなとか。」

妹は言った。

「それでね、お姉ちゃんとお母さんは死んでいて、お父さんと私は生きている……そのことがわかっているのに、なんだか悲しくはないの。ただ、この時間が終わったらまたしばらく会えないね、っていうことはわかっているの。

お姉ちゃんがちゃぶ台の上の山芋をすりおろした奴を見て、『ああ、これ生きてるうちにお母さんに食べさせたかったなあ、便秘にいいんだよね。最後のほうはさあ、お母さん便秘ですごく苦しんでいたもんねえ。』って普通に笑って言うの。死んでるのに。

すごくすっきりしたかわいい笑顔でいつもみたいに伏し目がちで言うんだよ。

それで、お父さんはただうんうんとうなずいて、にこにこしてるのね。みんなのやりとりを聞いて。

それで、私はその夢の中ではなぜかお父さんと別々に住んでいて、死んだお姉ちゃんがお父さんと住んでいたことになっているの。現実の逆だね。

私は泣きながらお父さんに『今、ひとりで住んで淋しいよね、私がなんとかするから。うちに来る？　お父さん……でも、そんなの無理だよね。私が実家に住んでもいいけれど、仕事の区切りがつかないと引っ越しできないし、しばらく待ってくれる？』って言うの。

そうしたら、お父さんが『無理しなくていいぞ。』って怒ったような顔で言うんだけれど、お母さんが『そうよ、いっしょに住んであげなさいよ。お母さんも心配しちゃうわよ、このまじゃ。』って言うの。お姉ちゃんは私が大変になるのをわかっているから、なにも言わないの。

私は、とにかく考えてみるよ、って言うんだけれど、自分がお姉ちゃんをいかに頼りにしていたかをはじめて知って、そして、ああ、きっとこの食事の時間が終わったら、お姉ちゃんもお母さんももうなかなか会えないのかもしれない、と思うと急に心細くなって、手元のお弁当が残り少ないことが、もう食後のお茶が出てきてしまっていることが、ものすごく切なくなるの。

切なくなって、私はお姉ちゃんに聞いたの。

『お姉ちゃん、どうして死んだの？』って。

そうしたらお姉ちゃんは涼しい顔で、普通ににこにこして、

『あれはくも膜下出血だったと思うなあ、完璧に。だって、わかったもん、倒れるとき、これはもうだめだなって。道にいて、自転車を止めて歩道の街路樹のわきにしゃがみこんだんだけれど、そのときもう一回来たんだよね。それで、ああ、もうだめだと思ったし、自分がどう死ぬかもわかったから、あわてて神様にこれまでの人生はわりとよかったという感謝の祈りをささげたりした。あんなにあわててやるならやらなきゃよかった』って言うの。

あまりにもお姉ちゃんらしい説明の仕方で、冷静なところもふだんのままだった。

それで、私は、死んでからこうやって死んだときの話を落ち着いてするところを聞いたりし

ゃべったりできるなら、自分が死ぬのも家族が死ぬのもそんなにはこわくないな、って思ったんだ。」

分析医が聞いたら喜んでしまいそうにわかりやすい夢だなあ、と私は思ったが、だまってうなずいて聞いていた。

「でも、あんな切ない思い、現実でしたら私、耐えられないよ。お姉ちゃん、お願いだから長生きしてね。」

妹は言った。

「だって、いつかお父さんが死んだら、私にはお姉ちゃんしかいなくなってしまうのよ。最近お父さんが老けていくのを見るたびに、そういうふうに思うの。」

すき焼きのぐつぐつ煮える音が部屋に響いていた。私は黙って水を足した。少しだけ静かになった空間で、私と妹は優しく沈黙していた。

ほんとうに切ない夢だなあ、と私は思った。

そして私はきっとほんとうにそうなんだろうな、そんなふうにあっけなく死ぬんだろうな、と。それで死ぬときにきっとそんなふうに間抜けたポイントで後悔するんだろうな。

母親が死んでから、父は静かに歳をとっていって、今も家族三人でたまに食事をするが、そこにはなにか終わった後のもの、落ち着いた世界の中でみんなが歳を取っていくだけの淋しい雰囲気があった。

昔と同じように食卓の用意をして、同じメニューを同じお皿で同じように食べて、同じなら同じであるほど、みなが老けているのが、母親が不在なのがどんどんあらわになっていくのだ。もう新しいことはなにもない……思い出話をしてひととおり笑いあったあとでも、少し淋しい感じがした。もう決して若くはない妹が、いちばん幼い役どころを演じ続けていることも、悲しかった。でも私にとってその悲しみは、やはり味のある悲しみだった。いやなものやうとましいものでは決してなかった。

そして妹が伝えようとしていることは、私には痛いほどわかった。

私がたまたま妹の立場にないから無邪気に言えないだけで、似たような空しさを共有しているのだと思った。それは「静かにただ減っていくことの、空しさ」だった。

インフルエンザは楽しいものではなかったけれど、その回復の過程はますます楽しさを増した。きしむところにじょじょに油が差されて動きがなめらかになるのがわかるようだった。呼吸は次第に楽になり、たくさんの酸素が体に入ってくる。食べ物の味がちゃんとしてきて、なんでもおいしく深く感じられる。

熱が私を浄化した。年齢的にくたびれてきたところを熱が押し流して、全体がリフレッシュされたように思えた。

私は小さい子供に戻ったように、なにもかもを見つめ直した。

体の感じる速度の方が頭でなにかをとらえるよりも速い、そんなことははじめてだった。普段は頭が先に先にととらえてしまって体が置いていかれてしまうのだが、体に勢いがあるので、全てがいっぺんに入ってくるのだった。

空が晴れて、光が射してくると部屋の中が明るくなる。その明るさをいっぱいに吸い込むみたいに息をすると、甘い感じがする。新鮮な空気の中には花みたいな香りが含まれている。光の中で目を閉じるとまぶたが透けて赤い色が見える。そういうことを感じ直していくと、ウイルスと戦っていた体では決して感じられなかったいろいろな感覚が広がりはじめた。

死んでいた細胞がひとつひとつまた水をたたえたように、私はまぶしい世界を見つけながらしばらく過ごした。

体調が戻ってくると共にその魔法はじょじょに日常に溶けていったけれど、私にとってそのきれいな世界を見たことや小さく生まれ変わったことはとても良きことだったのだ。


客観的に見てみると、私というのはなにもかもが薄く見える感じの女だった。髪の毛の色も、目の色も、顔のつくりも薄い。眉毛も陰毛も薄い。体も細い。多分情熱も薄い。

服装にも特に特徴はなかった。似合う色のものを……それも派手な色ではなくって、ベージュとか淡いオレンジとかだったし……体の線がきれいに出るという条件だけで買っては、気まぐれに着ているだけだった。

ただ、私の異様な鷹揚さそして独特に気まぐれな感じが、ある種の男には神秘的だと誤解されることがあるというくらいだった。

ある年齢になると、人は鷹揚さや気まぐれさを殺す。

しかし私はどうしてもそれを殺したくなかった。何の役にも立たないとわかっていても、それは私の魂の根っこにつながったある種の華麗さ、派手さそして生命力の象徴だった。ある瞬間、突然何かをしたくなる、また何かをやめたくなる。そのときの気持ちこそが私にとって生きている証だったのだ。

その結果、私は小説家になるしかなかった。主に恋愛のことを書いている名もない小説家だが、多少は固定の読者もいて、充分食べていける状態になった。

自分の多少の経験にもとづいて女性同士の恋愛を描くこともあり、なぜだかそれが高く評価されたこともあって、たまに海外で行われるゲイのシンポジウムに呼ばれたりする。このあいだは少女売春についての会合がイタリアであり、様々な国の人びとの前で、英語で意見を言ったりした。

そういう仕事というのは、つながりができれば限りなくたくさん出てくるのである。そしてそこで知り合った人びとに呼ばれて、また様々な国に行くことになる。そうやって人生は速度を寸分も間違えずにどんどん目の前で展開していくので、とぎれることや退屈することは決してなかったのだ。

そういう会に多く呼ばれているうちに私が最近たまに考えるようになったこと……それは「女とはなにか」ということだった。自分の見た目が女っぽい女であることはわかっていたが、それは私の場合、決して男性に向けたものではなかった。

私にとって、女っぽい髪型、動き、しゃべり方は一種の遊びというか、趣味、娯楽のようなものだったのだ。体の奥底の声に結びついていない女っぽさだった。

なので、私が自分の性になじんでいるとはとても思えなかった。人間の子供を産める性であることと、性的な欲望を男から向けられるということが文化の中でがっちりと結びついていることが、人類の本質的な問題だという気がした。全ての人類が女から産まれて女に世話されて育つ、このしくみになにか大きな問題があるのだろう。変えられないし、変えなくてもいいと思うが、そう思った。

そして個人的には、たいていの日本人の男性が向けてくる「母親扱い」の視線が耐えられなくて、外国人、もしくは外国帰りのボーイフレンドが多かった。だいたいどうしてまだ母親が生きてぴんぴんしているのに、もうひとり母親を欲するのか、私には日本人の男の人たちがさっぱりわからなかった。歳をとるごとにさっぱりわからなくなっていった。

昔は多分、男が男であるぶん、ぐっとこらえて信じられないようなことを外で耐え抜いていたのだろうから、家を守る女の人も包む理由があったのだろうし、自分の男が死ぬのは死活問題だったわけだから女を磨いてつくしていたのだろうけれど、今それがそのままあるのはヤクザの世界くらいで、みななにもこらえてないのに母親だけはしっかりと求めている。それが不思議でならなかった。

ただいつも思うことはあった。

それは、人は人に優しくされたいのだな、ということだ。

誰もが人に話を聞いてもらいたいし、見ていてもらいたいし、優しくされたいのだ。そうされないととても淋しいのだ。

私は自分のような中途半端な存在をもちゃんと飲み込んでいさせてくれる都会が好きだった。でも、都会にはそういう類の淋しさがいつでもまるで空気のように漂っている。私はその匂いをよくかいだ。夜のリムジンバスで、夜明けの駅で、だだっぴろいお店の中で。淋しい、誰も自分を見てくれない、誰も優しく聞いてくれはしない、自分は大勢の中の取るに足らないひとりに過ぎない、そういう匂いだった。

優しくしてもらいたいという気持ちのひずみが、他人に母親を求める気持ちに通じていくのだな、となんとなくそういうときいつでも思った。そしてきっと女性は男に父親を求めていって、お互いが欲しがるばかりで与えることもないから、すれ違う欲求不満のエネルギーだけがあちこちに淋しく漂うことになるのだな、と思った。

レストランで隣の席の家族連れが父親の誕生日を祝って乾杯しているのを見たことがある。

化粧の濃い娘は二十代後半、その兄が多分飲食業で三十代半ばくらい、元外資系秘書風のお母さんは六十代、多分会社役員のお父さんもそのくらいで、とても裕福そうに見えた。みなが「おめでとう」「元気で今日をむかえられてよかった」いい言葉を口にしているのに、そこには空しさしかなかった。プレゼントも形だけのものだった。ばか笑いも一度も起きなかった。レストランだからそれがあたりまえだけれど、きっと家のダイニングに座っていても、この人たちは大声で笑わない、そう思った。この家族は今まで一度も体をはって家族を受け入れたことがないんだな、というのが会話のはしばしに感じられた。命のやりとりがなかったことをお金がなんとか補ってくれたのだな、ということが伝わってきた。

こんな淋しい家族がこの世にはたくさんたくさんあるのだろうか？　と私は不思議に思った。

そんなにも他人を受け入れがたい人たちでも、やはり淋しくて家族を作ってしまう、そのこともとても不思議に思えた。

私は昔、初めて同棲していた人と別れ際にいろいろあってへとへとになり、過労で倒れて二泊だけ入院したことがあった。二十代前半くらいのときだったと思う。早起きしてしまった私は病院の屋上につくられた庭に座り、ヘッドフォンで悲しい音楽を聴いていた。もう帰っても待っている人はいないし、さりとて実家に戻る気にもなれず、午後一番の退院で家族は誰も迎えに来られないからひとりで電車に乗って、誰もいない部屋に帰るしかないのだな、とわかっていた。

それは仕方ないことで、私の感情は麻痺していて泣きたいとも思わなかった。

でも、ふとまわりを見ると、もっと深刻そうな人たちがやはりその庭園を散歩していた。毛が抜けてしまって帽子をかぶっている人、片足がない人、ものすごく痩せている人、点滴をつけたままでキャスターといっしょにがらがら歩いている人。

たいていが家族や恋人や友人といっしょだったが、話し方は穏やかだった。そしてひとりで散歩している人は、例外なく植物や空を愛《いと》しそうにながめていた。

どう考えてもそこでは私がいちばん若くて元気なのに、いちばんみじめに見えた。

それは、私が自分のことだけでいっぱいで、外のものをなにも受け入れていないからだった。彼らは死の可能性といっしょに、外のものを大きく受け入れていて、おだやかで強かった。

ここを出たら、また新しい章を、少しずつでもいいから始めていこうと私はひとりでしみじみと思った。その中では変に人とくっつかずに、自分の足で歩いていこう、それができてから自分の家族のようなものを作ろう、そういうふうに思ったのだ。

自分のことだけでいっぱいなうちに他の人とくっついたら、あんな淋しい家族を作ってしまう。もしもお金で補えなかったら、そこにはもっと暴力的な憎しみがついてきてしまう。でもいずれにしてもそれは同じことなのだ、そう思った。

あの瞬間が私が年齢とは関係なく大人になった瞬間なのだと思う。

あの時から、私は淋しさをおそれなくなった。ほんとうにおそろしいのは、自分が自分でいっぱいになってしまって、その孤独でのたうちまわることだと悟ったのだと思う。私が求めていたのは、お金でも情でも補えないものを見つけていくことだった。

あの屋上でわずかな時間を、会話も交わさずに共有した人たちのほとんどが、多分もうこの世にはいない、そう思う。そう思うと、私は少しでもあの人たちのように死を近くに感じ、触れていたいと思う。あんなふうに自分をなくして開かれた心で世界を見つめたいと思う。

その日、五郎との三回目のデートで品川の駅に新しくできた水族館に行った。

インフルエンザで長らく中断されていたつきあいはじめの楽しさが、やっと再開されたという感じだった。ほんとうに久しぶりに彼に会った。顔を見たとき、自分が新しく生まれ変わって彼に会ったような新鮮さがあった。

五郎は日本人だったけれど、枠の外から来た人という感じで、気が合った。

はじめて五郎にひきつけられたのは、ずいぶんと昔のことだった。

五郎は、長いつきあいがある年上の遠い親戚の女性といっしょに住んでいると噂で聞いていた。

結婚するつもりはないようだけれど、もうその人は内縁の妻みたいになっていて、勝手に彼の家に入って掃除したり洗濯をしたりしているそうだ。しかも十歳以上年上だそうだった。五郎の初めての人がその人だったという。

つまりは今その女の人は五十近いということになる。

それは、もうなにがどうなっても別れないだろう。そう思ったから、あまり五郎には近づかないようにしていた。

「その人とずっとそのままでいて平気なの?」

私は聞いてみたのだ。もちろん一回目のデート以前のことだった。仕事仲間のみんなで飲んでいるときのことだった。

五郎は仕事の上ではきちんとなんでもやるタイプの人で、今彼が務めている出版社の社長の愛人の息子だった。もちろん名字が違うのだが、彼はそういうことの全部を隠すでもなく、言いすぎるでもなかった。彼は装丁のデザインをする部署にいて、彼のデザインでなくてはいやだ、という作家がたくさんいると聞いた。

私はいっしょに仕事をしたことはなくて、担当の編集さんが飲み会に彼を連れてきたので知り合ったのだった。

五郎が十歳のときに、お母さんは亡くなったそうだ。優しいお母さんだったということをよくおぼえていると五郎は言った。もちろんお父さんは五郎を認知し、彼の教育と生活の資金を援助したそうだ。そのへんでは引け目がなさそうな、しっかりした感じがした。五郎にはひとりで生きてきた人の静かな凄みがあった。私はそこに強くひかれた。なんでもいったん見て消化してから行動する慎重さとか、汚いものには関わらないいさぎよさと世渡りの下手さとか、全てが「いざとなったらひとりでやれる」というバランスの中にあった。そしてもらえるものはちゃんともらっていこう、という意志も感じた。そのやり方が下品でなかったので、私は彼のお母さんはすばらしい人だったのではないか、と想像した。

すばらしい人は死んでもなにかしらその精神の痕跡《こんせき》を遺すものだ。

「俺は、正式に結婚した夫婦の子供ではないし、お父さんもいつも顔は出してくれたけれどいっしょに住んだことはないんですよ。

お父さんの本妻の子供たちともちゃんと会ったことはないんです。ひとりは同じ会社の違う部署にいるのでたまには会うんですが、実感がわかないというか、そういう感じで、俺にとっては、家庭というのは最初から壊れていて、おふくろもおやじもあるがままの姿、というとちょっときれいすぎちゃうけれど、そういうものだと思ってたので、成り行きでできているものに対して、特になんとも思わないんです。

でもこのことは言えば言うほど言いわけのようになるので、いつもうまくは言えない。」

そういう形で自分の境遇への反発を示していたのかもしれないし、もともとないものには憧れようがない、というようなことを、彼は口にした。

「その女の人を好きであった時期はあったんですか？」

私はたずねた。

「だって俺、二十《はたち》だったんだよ。ぞっこんというか憧れというか、いてくれるだけで嬉しかったね。俺はこれまで女の人にひと目だけ会いたくて、毎日のように夜中のドアの前で待ったことはあのときしかないよ。それで会えただけでなんだかわからないけど泣けたことなんて、ユキコのときしかなかった。ユキコ……っていうのが俺とずっといる人の名前だけれど、あんな気持ちで星を見上げたことはないよ。ユキコが出かけているだけでもう俺は嫉妬に苦しんで、一晩中眠れなかったよ。俺はしつこくて、毎晩のように電話して、今から行ってもいいかって聞いて、断られて、それでも家の近くまで行って、また電話して、一瞬でいいから出てきてってドアの前に立って、しかたないわねって入れてもらって……ほんとうにきれいな思い出だよ。

ほんとうに好きだったんだ。」

　彼は言った。

「うわあ、まるで『ノーノーボーイ』という歌みたい。すてきね。」

　私はうっとりした。

　相手の人よりもむしろその時の彼になってみたい、と思った。胸が苦しくて苦しくてしかたない、若いときだけの恋の姿だった。毎日会わずにはいられなくて、相手は少しつれないけれどどこか許してくれていて、その人が生きているだけで嬉しくて、顔を見るだけで吸い込まれそうに痛いような、そんな気持ちを味わいたかった。脱ぎ捨てたストッキングや取れかけた化粧でさえ、そのときの彼には美しく感じられただろう。ただひとつになることしか考えられなくて、彼女を食べてしまいたかっただろう。

「それに、彼女はものすごい遊び人だったから、いろいろなことを彼女に教わったんだ。ヨーロッパについて、特にパリについては、いくら感謝してもしきれない。よく連れて行ってもらったし、いろいろな人を紹介してくれた。今の仕事のベースになるものを、みんなその時期に彼女にもらった。今はもう、きょうだいみたいになってるけどね。なにかあったら、気持ちはきっとあの頃に帰って行くんだろうと思う。」

五郎はにこにこ笑いながら答えた。

その彼女は五郎をうまくあしらいながら幾股もかけていろいろな人と遊び続けていたが、そのうち半同棲していた相手に逃げられてしばらく精神的に不安定になり、その頃もまだ彼女をしっかりと慕っていた五郎の家に転がり込んできて半年間居候をし、家事が得意でないふたりでいろいろ分担していたらあまりにも楽しくてうまくいきすぎてしまったので、それからはずっと合いかぎを持って出たり入ったりするなんともいえない間柄が続いているということだった。当時あまりにもやりまくりすぎて、今は肉体関係を結ぶことは盆暮れ正月にもないし、お互いに恋人ができたりすることもあるが、決定的変化はなかなかおとずれないと五郎は言った。

「大きな変化がお互いにこわいのかもしれない。」と五郎は言った。

もしも変化することがあるとしたら、いつのまに、気がつかないうちにそっと遠くなっている、という程度でないとお互いにこわいんだ、と言った。

「いや、お互いじゃない、きっと俺がこわいんだ。」とすぐに五郎は言い直した。

それは人のせいにしない、厳密でいい発言だな、と私は思った。

そういうふうに女の人と自分を考えられる人はなかなかいなかった。

今はもう彼女はさすがに五郎の家に住んではいないが、お互いに生活のリズムや気が合うのでつかず離れずごく近所のアパートに一人暮らしをしていて、五郎のところにわりとこまめに通ってくるそうだ。あ、いたの？　という感じでそれぞれのことをしたり、気が向けばごはんを食べたりするような、自然すぎる関係になっていると五郎は言った。お互いに色恋ざたがあっても、家に他の異性を呼ばないってだけで、あんまり焼きもちも焼かなくなったな、と五郎は言った。

「こうして話していると変な話のようだけれど、時間をかけてそうなったので、自分には全然不思議じゃないんだけど。」

「他の女の人が、その生活をやめて、自分と結婚したり暮らしたりしてって言い出したことはないの？」

私はたずねた。

誰かが無理をしていないと、現実の上では不可能ではないだろうかと私は思ったのだ。

「うーん、マザコンと言われればそれまでだけれど。」

五郎は言った。

「うちのおふくろは、つまり愛人だったわけでしょ。だから心の中ではいろいろあったと思うのね。でも、そういうのを無理して出さないわけじゃなくて、ほんとうになかったわけ。彼女には今しかなかったというか。にこにこしててね。

だから、それが誰であれ、女の人がぐっと濃くなってせっぱつまってくると、どんなにいいふうにふるまっていてもどうしても俺にはわかってしまい、『底が割れたな』と思ってしまうんだよ。そうすると急に冷めてしまうんだ。たいていはそうやって終わってきたね。あとは自然消滅とか。俺、だいたいめったに女を好きにならないし。」

「底が割れた、って、恋愛なんだよ？　別に武道じゃないんだから、いいんじゃない？」

私は笑った。

「でも、どうせなら底が割れてないものが見たいじゃない。開かれたものが。そういう意味ではおふくろも底が割れなかったし、ユキコもそうじゃないよ。未だに何かの勝負でもしているんじゃないかと思うほどに、底が割れない。

それで、俺もユキコももちろんばかだしだらしないところも弱いところもあるし、ユキコなんて三回くらい酒を抜くためにアル中の専門病院に入院してるどうしようもない奴だけれど、汚くないし、底が見えない。きっと死ぬときはおふくろ並みにきちんと死ぬと思う。こわがらずに。女のすごさというのだろうか。

かといってね、キミコさん、俺は当時若すぎたから、自分が生涯のパートナーみたいなものとしてユキコを選んだような気がしてない。自分の中でほんとうにあの人が好きなタイプなのかどうか、それすらももう全然わからない。影響を受けすぎたし、強烈すぎたんだ。でもそのことで悩んではいない。そもそも俺は一生のパートナーなんて捜してない。」

五郎は言った。

いちいち納得できる話だった。なんて説明がうまいんだろう、と私は感じ入った。

そして、その女の人の人生はすごいな……と私は、五郎にひきつけられているのなら自分にも関係あることなのに、いつでも人ごとのように思うのだが、そう思った。

その人たちの人生は私の人生に似ているように思えた。何かとずっと戦っているのだが、それがなにかはわからない。それはある種の悪霊のようなものなのだが、心を強く持っても勝てるものではない。敵は常におのれであり、おのれの怖れのようなものである。気を抜くとすぐに足もとをすくわれ、解決するまでにものすごい調整が必要になる。自分で生きていくということはそういうものだ。そして自分ではかなりいいところまで来たと思っても、いつでも上には上がいる。いつでももっとすごい人びとがいるのだ。

いろんなことに関してのユキコさんの気持ちも聞いてみたかった。

ユキコさんは元モデルで、今はスタイリストをたまにしたり、本を書いたり、知人の店を手伝ったりして気ままに暮らしているそうだった。モデル時代の貯金もあるし、実家の資産も少し遺されているので、貧乏だが食うには困らないし、まわりの友人たちから服だの靴だの化粧品だのはいつももらえるので、見た目も貧乏くさくない、五郎はそう言った。

彼らのような人生は、案外、充実した生き方なのかもしれない、と思った。うまくいっているときは特に、全部のバランスがまるでサーフィンのように、いい波に乗っているように一瞬の輝きで、取れるのだろう。悪いときはきっと彼らは次の波を待てるのだろう。それは心が孤独という要素で豊かに満ちているからだろう。

そして、いろいろな意味で五郎の中で、たとえば知り合いはじめの今は私が新しくて強いけれど、やがてそうでない時期が来ても、彼女は普通に彼のそばにいるのだろう。そういう変化も、いくつも見てきたのだろうと思う。自然にしているうちに残るものは残っていったという感じなのだろう。

案外ほんとうは全てがそういうもので、なにもかもをきちんと正したり、形をつけたりするよりも案外いいのかもしれない。これもまた全て、やる人によるのだろうけれど、私にとって、話を聞いた印象だけでとらえると、五郎たちの道筋はそんなに悪いふうには感じられなかった。

「そんなこと続けちゃだめだよ、誰も幸せになれないし」なんていうことを、私は言える性格ではなかった。そんなふうに思いもしないし、むしろ彼らを理解できるくらいだった。

自分のほうがよほどめちゃくちゃなことをたくさんしてきたからだ。

言いたいことは「それは、五郎と親しくなりそうな私個人が、今しばらくちょっぴりつまらないな」ということぐらいだった。それ以上のことを思うような生き方は、もうとうの昔にやめていた。

それに、もうこういう設定になっているのだから、仕方ないではないか。年や性別と同じくらい、なかなか変えられないことと思えば、なんということはない。

そして五郎が二十歳そこそこの時に三十代……今の私よりも少し上くらいだっただろうその

人の魅力を思った。

きっといい感じの女性だったのだろうし、今もそうだろうな、と思った。状況や人の気持ちを変えるためにがんばる、ということも論外だった。

そんなことができる性格だったらどんなにいいだろう、と思う。たとえば五郎の弱みにつけこんで、その人を追い出したり、いつのまにかなくてはならない存在になるようにがんばる……そんなようなことが。どれだけのまじめさや、どれだけの労力が必要なのだろう。相手は人間に過ぎないのに、そんなあてにならないものにそれだけまじめになれるなんて、すごいことだと思う。皮肉でもなんでもなく、人びとがそうやって何かに賭けるということでわいてくる力のようなものが、心からうらやましいと思った。そんなふうに自分の気持ちを単純化できたら、どんなに気楽だろう。

勝ち取ったと思っても、きっと十年後くらいのある夕方に、西日にさらされながら、私は窓の外を見て、同じくらいの年齢だったある女性の気持ちを押しのけて行動した自分の浅はかさや汚さをふと感じるに違いない。そして自分が手に入れたものがどれだけあやふやなものか思い知るだろう。ごり押しして手に入れたら、その分のひずみがどこかにかかってくる。厳密に残酷にそれはやってくる。そのときもしもまだいっしょにいたとしても、遠い空を見上げるとき五郎はきっといつでもその人を想っている。不自然に失った分よりいっそう大切に想うだろう。その分私はどんどん醜くなっていく。それはどんなにかいやな気持ちだろう。

そんなことを感じないようにするために、なんのカルマも作らないように、私はとても注意深く生きているのだ。無理をすると、いつか必ず後悔するだろうと思っていた。ごり押しをしたり、無理強いをしたりすると、きっとそうなる。勝負は生きているかぎり、いや、下手すると死んでからも、いつまでも続いていくものだ。

流れる水のように、そこにたつきれいな泡のように、生きて死んでいきたい。水の底にはコケも生え、ぬるぬるした魚やどろどろしたヘドロみたいなものもたくさんあるだろう。そういうことも含めて、そのままで生きていきたい。五郎が生涯のパートナーを捜していないのと同じくらい切実に、私はそれを望んでいた。

インフルエンザのあと、あまりにも何回も「まだ本調子ではなくて」と言って断っていたら、数回目の電話の中で五郎は電話の向こうでごくりとつばを飲んでから、

「会いたくないなら会いたくないってどうかはっきりと言ってください。」

と言った。

これはインフルエンザをほんとうに肺炎までこじらせたことのない人ならではの発言であったと同時に、ただ会うのではなく向こうには気があるということを伝える初めての意思表示でもあった。

それで、ほんとうにほんとうにインフルエンザだったことと、完全に治ってたまっている仕事も片づけてからほんとうに連絡する、ということをきちんと告げたら、頭の回転のいい彼はすぐに納得してくれた。

私は、どれだけ身動きが取れなかったかを伝えるために、妹のすき焼きの話までした。私は普段でもフライドチキンなんて絶対に食べないのに、今回は食べざるを得なくて口に力が入らずものが咀嚼できないくらいだったのに、いつまでも噛んでなんとか飲み込んだ、という話もした。インフルエンザと妹と両方からサバイバルする生活だったのよ、と言ったら、五郎は小学生の男の子みたいにげらげら笑っていた。

水族館は駅の向かいの品川プリンスホテルの中にある塔の中にあって、エレベーターに乗ってその階までいくと、映画館や託児所の向こうに、海の生き物ばかりでできたメリーゴーラウンドが見える。入り口はそのわきにあって、鮫やエイやマンボウを眺めることができる。

さっきまで駅にいたのに、いつのまにか水に囲まれている……と私は不思議に思った。いくつかのゲートをくぐったら、あっというまに青い水族館の世界になってしまったのだ。

いずれにしても、ショーの音楽があまりにもうるさかったから、私は面倒くさくなって「そっちに行くのはやめましょう」と言った。

うるさくてがさがさしているところに行くと、自分が考えていることのささやかな声が聞こえなくなってしまう気がするし、単純にそういうのが好きではなかったのだ。

それでふたりは、がら空きの観客席に座って、なにもショーをやっていない自由時間のイルカプールを眺めながら、ポップコーンを食べて、生ビールを飲みながら、かなり長い間そこにいた。

イルカが遊びながらジャンプしたり、すいすいと泳いだりしていた。

こんなところに閉じこめられてまでこんなふうに夢中で遊んでるなんてすごいな、私もそういうふうでありたいな、と思った。自分がどんな牢獄にいようと、そのことにどんなに切実に気づいていようと、遊んでいられたら……。

少しだけ憂鬱にそう思った。それはきれいな憂鬱だった。

ほんものの憂鬱はきれいというよりも沼のようによどんでいるが、この場合は仕方ないものだ、というあきらめなので、青くて透明だった。

さほど発展性のないふたり……ある意味では先が見えている遊びのふたりなので、デートしてもしかたがない。強者が集っているのは確かだけれど、それは五郎がすてきすぎるからではなくて、出てくる人たちがみな強い人たちだからだった。強い人は強い人を呼び寄せるが、やがてその強いものどうしが集《つど》う雰囲気に悪い船酔いをしたようになってしまい、お互いのことを考えずに自分の人生を生きるしかなくなってくる。弱くて優しい人は一見その場にいるように見えても実は強いということになり、結局は力と力の調和する様を見るしかない。意外性はあるようで全くない。

それはわかっていても、五郎の隣にいるのは、今は心地がよかった。

前後のことが漠然としていて、私にはどうしてもそれが正確に八月の何日だったのかついに思い出すことはできなかった。ちゃんと計算すればわかるのだろうけれど、興味がなかった。私は手帳を持つのが嫌いで、カレンダーもほとんど見ない。人と約束があるときだけ、ちょっと書き込んである。それをその日の朝に見る。そしてその月が終わったら、カレンダーはべりっと切って捨ててしまう。なので、なにも残らない。いい加減な脳みそのしわしわに、てきとうな記憶が残るだけなのだ。

五郎が明らかになにかを変えたり、逃げ出したいと思っていないのはわかっていた。ただ、人の持つ当然の弱さとして、今の境遇、今の彼の人生から、私の鷹揚さや隙だらけに見える人生の隙間に甘え、恋の力でいっしょにその流れに入ってしまいたいと思っているのを感じていた。そして私は、どうせどうにもしてあげられないと思っていた。もしそれが彼にとって気に入らないものだったとしても、そこに流れていったのは彼の責任だし、彼のある種の優しいうかつさだと思ったからだ。流れないようにするには、型を決めて忠実にその通りにしていくか、あるいは毎日毎日気が遠くなるくらいまめに調整するしかない。もちろんそんなことができる人間はいない。人間は同胞の抱く感情にはびっくりするほど弱いのだ。

それでも私は五郎が気に入っていたので、いっしょにいるとつい、しっとりとした気持ちになった。イルカも、うるさい音楽も高い天井も、みな五郎と自分のあいだにある微妙な圧力には関わりを持っていなかった。ふたりの色はきれいに調和して、美しい音楽を奏でているようだった。そこには何も入ってこられなかった。

「つばめグリルにハンバーグを食べに行こうよ、もう少ししたら。」

五郎は言った。

「アシカは？　アシカを見に行きたいな。」

私は言った。

「いいよ、まだショーは終わらないかな。どっちかというと、ショーが終わってからのくつろいだアシカのほうが見たいよな。」

五郎は言った。

私にもいつでも複数のボーイフレンドみたいなもの……セックスフレンドというのならまだはっきりしていていいのだけれど、ただ何年も続いていてうやむやになっているような男の人が何人かいて、その人たちと比べてもまだ新鮮な段階の五郎をそこまで好きと言えるのかどうかわからなかった。

まだ知り合ったばかりだったし、それに、私の小説の担当編集者は五郎の同僚だし、いろいろやりにくい。

なのに、会ってしまうと私はいつでも五郎にものすごく優しくしたくなった。彼の境遇が関係あるのかどうかわからないけれど、彼に優しくするのは、まるで森に雨が降るような、温かい手応えがあることだったのだ。何かを育てているという感じがした。

五郎は女性に対してマメではなかったが、決してコミュニケーションを惜しまなかった。そして、自分としっかりと向き合っているので、ごまかしたりうそをついたり見ないようにしているところがなかった。感情の起伏は激しいほうだったが、いつでも自分に何が起こっているかを自覚していた。

意外に、そういう男の人は珍しいのだ。

「今日はしゃべる気分ではないので、しゃべれません」とか「あなたが好きだけれど、一生愛せるほどではない」とか、そういう厳密さを持った会話ができて、その上人や自分をほうっておける、執念深さがない、数少ない人だった。

それでも知り合ってからずっとふたりの間にある磁力……景色を変えてしまうようなその力

が好きだった。そこに身をひたしているのが好きだったのだ。

はじまりはいつもいい、なんだってすてきなのだ。それを引き延ばすのが大事なんだろうな、と思っていた。そこからあとは終わりまでまっしぐらだ。でも、それ以外のことが起きることをいつでも私は期待していた。愛とかそういうことではなく、この磁力が長く続くような、他にも楽しいことのある人生をだ。

つばめグリルはばかみたいに混んでいた。

私は外国ではこんなにばかみたいに混んでいるレストランを見たことがない。どこがどうばかみたい、と感じるのかは自分でもよくわからなかった。混んでいて、がさがさしていてサービスも悪くて落ち着かない、それで居心地が悪いことに誰もががまんしているという感じがそう思わせるのだろうか。

一戸建ての建物のほとんどのテーブルでみんながみんなハンバーグを食べていた。正確には「つばめ風ハンブルグステーキ」を。

五郎がハンバーグの下にひく取っ手つきの板を受け取ったとき、なぜか子供みたいなわくわくした顔をしたので、いいな、と私は思った。最近そういういい顔を見る確率が低すぎるので、嬉しかった。大人になってくるとみんなそういう顔をしなくなってしまう。おうちの中ではしているのかもしれないけれど、私には家庭がないので、なかなか見る機会がないのだった。

私は食べなくてもいい、みんな君が食べていい、私はそういうふうに思った。でも、そんなことを全く感じないで、ただただ五郎は勢いよくハンバーグを食べた。私が分けてあげたポテトもみんな食べてしまった。

「恋わずらいしてないことだけはわかったわ。」

私は言った。

「なんで？」

五郎は言った。

「すごい食べっぷりだから。」

私は笑った。

「恋すると食べられなくなるの？」

不思議そうに五郎は言った。

「普通はそうよ。」

私は言った。

「俺、そういうの全然ないな。幸せだといっぱい食べてしまう。今、幸せだから、いっぱい食べたんだと思う。」

五郎は言った。切実な目で。

「そんなこと言ってもだめよ。あなたには内縁の奥さんがいるんでしょ。」

私は悪気なく、決定的な意地悪を言った。

五郎は何も言えなくなって、ただ黙った。

「それとこれとは別だよ。だって、結婚しているわけでもないのに、なんで好きな人を制限しなくちゃいけないの？」

「ああ、確かに。それもそうよね。」

私の声は丸く優しかった。ほほえみも心からのものだった。

五郎の正直な言い方が好きだったのだ。

五郎は、とんちんかんな受け答えをした私の顔を見て、目を丸くした。

それで五郎はどうしても私を帰したくなくなったのだろう、そういうふうにあとで思った。

どうして、あんな優しい声を出せたのか、私にはわからなかった。

ただ、五郎の弱さは理解できると思ったのだ。女を選ぶという感じのごうまんさではなくて、弱さとほんとうの気持ちが混じり合った事実みたいなものが。

家に人がいるということは、そういうことだ。植木鉢ひとつ、小鳥の一羽がいなくなっても人は喪失を感じる。ましてそれが人間だったら、もう自分から切り離すことはできないだろう。ほとんどの結婚の本質というのもそういうものだ。人間は弱いものだ。その弱さにいろいろ言い訳をつけてなんとかおりあっている。

氷の国に生まれて、南の島を夢見ることはできても……実際に脱出した人はどれだけいるのだろうか？　環境を受け入れるということが人間の特質ではないだろうか。

砂漠の民はみな砂漠を愛しているという。

落ちてくるような、にじむような星空を、そして死に近づくほどの暑さ寒さを、ざらざらとどこにでも入ってくる砂を。

でもそれは、そこに生まれたからだろう。

そこに生まれたらもうそこを無条件に受け入れて愛してしまう、それが人間の愚かさであり、強さであろう。そのことを受け入れているが、状況を見ると面倒くさいので見えないように目をそらす、そういうことを決してしていない五郎はえらい。

私はそう思って、五郎の弱さを受け入れたのだった。

片棒をかついであげよう、ちょっと袋小路に入っているその人生をなぐさめてあげよう……もちろん彼のためではなく、私の欲望のために。

そう思った。

それで、その夜五郎と寝たのだった。あのまま家に帰るなんて、そんなことはありえないと思ったからだ。ふたりの化学反応は止められないところまで来ていた。


あの朝、家に帰ってきたときの気持ち……太陽はさんさんと照って、家の中はとても静かで、でももう私にはなにもなく、希望もなかった。目の前が暗く、ただ眠りたかった。……今もそのことを考えただけで目の前が暗くなる。

別れを予感しながら楽しい時を過ごすと、あとでいつでもそういう空しさが襲ってくる。

好きになってしまうと、どうしてもユキコさんに焼きもちを焼いたり、暗い気持ちになってしまいそうだった。

実はその人がいることは本質的な問題点ではない。遅かれ早かれ人と人との関係には必ず他人が介入してくるものだ。それをよしとしない場合は社会的に形を作るか、自由に枠を決めずに行くしかない。もちろん私もそうだった。

ただ、どうしてもそうなってしまうもの、多少の期間はふたりきりをのぞむもの、それが恋愛というもので、だから私は恋愛に興味がなかったのだ。というよりも、ばかみたいな数の恋愛をこなしてくると、どうしてもパターンが見えてきてしまう。いつも単独で行動しているということは、すなわち恋愛の数が多くなるということだった。

それに私は、自分を失ってしまうほど人を好きになったことがないのかもしれない。情はわいても、どうしようもなくその人でなければ、という感じが幻想にしか思えなかった。もしも自分を失うほどに恋にのめりこんだとしても、そのあとで我に返ったらどう収拾をつけるのだろう？　と思ったのだ。

そういう自分がつまらなかったが、決して真実の愛みたいなものを求めてはいなかった。それはいつのまにかそこにあるもので、求める類のものではないのだと感じていた。

ただ、見ていたかっただけだ。気持ちのうつろいや、ものごとの姿を。

そして誰かが去れば、誰かがやってきた。新しいものが好きなわけではなくて、それは自然にやってきた。やってきたものには必ず新しいおもしろみがあった。

一年や二年ひとりでいることは、なんでもなかった。気取っているのではなくて、ほんとうになんでもなかった。なんだかわからないもので私はたいてい満たされていて、目の前のことをやるのでどんどん時間がたっていった。どんくさい私は、いっぺんにいろいろなことをすすめることができないのだ。いちばん危機を感じるのはむしろ、そういう孤独よりも、五郎のケースみたいに、割り切れないものがまじっている場合だけだった。

たいていの場合は、初めの熱情が冷めると、ただ気持ちが悪くなった。たいていの人はなんだかんだ言って、セックスのマナーが気持ち悪いのだ。なにで勉強したかわかってしまう。人間相手に勉強した人は、意外に少ない。熱情があるうちは耐えられるが、気持ちが冷めてからの気持ち悪いマナーは、拷問と思って想像するよりほか楽しみがない。

そっちはあまり経験がないので一概には言えないが、女同士のほうがまだマシに思えた。女同士はとにかく濃いが自意識は混じっていない。自分が気持ちいいことを人にもしてあげたい、もしくは、互いの妬《ねた》みを性欲に昇華させる、ただそれだけなのだ。それが女性性というものかもしれない。

「結局性別でどうしても多少は制限があるし、『食事の仕方は本人そのもの』っていうようなことなんだな」……いつでも、私は結局はそう思った。

たまたま五郎のように、その全部をなんとなく好きになれるかもしれないと思えば、おまけがついている。おまけがついてきてしまったということ自体が、これまたもう本人のよさの一部なのだ。彼の魅力である余裕はユキコさんの存在からきているのだし、その余裕をつくった年月は取りのぞこうにも取りのぞけない。

続く恋は幻想だと思う。なのになぜみなが永遠のロマンスを、年寄りになってもまだ求めているのか不思議に思った。もちろん五郎と恋をしているくらいだから、私だって求めているのだろう。でもそれはどう考えてもおかしいことだった。性欲が食欲に似て毎回リセットされるからなのか、人類が増えないと困るからそうプログラムされているのか？

実際、あるのはえんえん変化しながら続く個々の人間関係だけなのだ。

そう気づいてしまって失うものがあるとしたら社会的なもの、つまり結婚とか法律上の問題だけだったので、私はもうそれでいいと思っていた。

五郎のセックスは、人間相手、しかもその特定のユキコさんと勉強したということがよく伝わってきた。それで私はユキコさんと寝ているような気もした。それはいやなことではなくて、私がもしもそういうことが好きなら、三人で寝れるな、と思うくらいだった。

でもわざわざやるような気もおきないので、いつかなにかですばらしい偶然が起きたらそうしてもいいな、というようなことだ。五郎のセックスには虚飾がなかった。それは男の人にはとてもめずらしいことで、普通は心の中にある女性に対するゆがんだ感性が必ずセックスのくせになって現れてくるものなのだが、五郎は五郎のままだった。彼の人生と同じで、そこには甘い夢もないがうそもない、そういう感じだった。

それで私の奥底が、この人は大丈夫だ、と思ったのかもしれない。そんな気がする。

彼には、ユキコさんがされて気持ちのいいことを私にやみくもにあてはめる様子もなかった。

私の様子を見て、ひとつひとつやることを決めていく冷静さが五郎にはあって、それが無邪気な男の子らしさと絶妙に混じっていた。そのことは妙に私を興奮させた。

一度目のセックスのあと、くつろいだムードの中でいろいろしゃべっていたときに、私は五郎に聞いてみた。

もしも納得いかないところがあるとかえってすんなりあきらめられていいな、と思って聞いてみたのだった。

「ねえ、ユキコさんとは、いっしょに旅行とか行ったりしないの？　もう。」

私があまりにも焼きもちと無縁の言い方でさらっと聞いたので、しかもいっしょに寝たからといって特に恋人同士になろうと誓い合ったわけでもないので、その鷹揚さのあまりについ五郎もどんどん答えてしまったのだろう。

五郎はきっと私といて気分が高揚していたし、ふたりのセックスは時間も短く、どことなく淡泊でまるで親しさを深めるためだけの行為のようだったので、気を許したのだろう。これからとてつもなくいやらしくなっていく感じもしなかった。つまりふたりともそういう急な関係に慣れている人材だったのだ。

「昔は行ったよ、最近はあっちも仕事が忙しいから、時期が合わなくて行かないけれど。毎年パリに冬行くことにしていた時期もあった。牡蠣《かき》を食べに行ってたんだ。」

「今はその牡蠣旅行にも行ってないの？」

「一回、牡蠣にひどくあたったことがあって、それでなんとなくやめたんだ。でも、今思うとあれはショックで免疫力が下がっていたんだなあ。」

「なんのショック？」

「剝製ショック。」

五郎は笑った。

「俺、霊とかあまり信じないんだけど、なにかそういうものってあるんじゃないかな、と思ったのはあのときが初めてだね。ユキコも全く同じことを言ってたから、ほんとうにあれはそういうものだったんじゃないかと思う。」

「話して、話してみて。」

私は言った。今にも恋愛小説のネタになりそうな話だ、と思った。

五郎は続けた。

「そのときはパリ在住の友達もいっしょに行動していて、変なところに連れて行ってやるって言って、すごく変な店に連れて行ってくれたんだ。そこは、剝製の店だったの。サンジェルマン・デ・プレのあたりの建物の中にひっそりあるんだよ。」

「剝製って、動物の？……私、あれ、大嫌い。」

私は言った。

「狩猟の国だからだろうかね、抵抗がないのかね。広い店内はほこりっぽくて、けものの皮の匂いがしたよ。そしてありとあらゆる動物たちが、ずらっと剝製になっていたんだな。パンダとか、狼とか、タマとか、ポチとか、ゴリラとか……。」

五郎は言った。

「それって法的に許されているの？　だめなんじゃないの？」

私はびっくりして言った。パンダは少なくともだめだろう、と思ったのだった。

「だめだと思うな……俺も。その動物たちのガラスの目がずらっと並んでいるんだよ。そしたら彼女が『なんだか頭がぐるぐるする』って言い出して、そう言われてみると俺もぐるぐるしている気がして、気が遠くなってきた。あれは多分殺戮《さつりく》の匂いに当てられたぐるぐるだったと思う。

友達には『ごめん、もういいや』って言って店を出て、ドゥ・マゴでゆっくりと、なにかを忘れるようにほんとうにゆっくりと座ってお茶をして、少し気をとりなおしてから牡蠣を食べに行ったんだけれど、その夜、まず彼女が吐きはじめて、次に俺が腹こわして、ふたりで一晩中かわるがわるトイレに通ったんだよ。

なんだかショックで剝製にもあたったみたい、と彼女は言っていたけど、俺も全く同じ気持ちがしたよ。俺たちには別に動物愛護の気持ちはないんだけれど、それでもなんであんなことになっちゃうのかな、とは思ったよ。あのおびただしい数を見たら、そう思うと思うよ。人間の楽しみのためにあんなことしちゃだめだって。要するに死体じゃないか。それで、あの中に人間が剝製になって混じっていてもおかしくはないと俺は感じた。あの店の人たちの顔色とか、雰囲気を見るに、もう何かが麻痺していて、人間をさばくことにもうためらいがないんじゃないか？　と思ってしまうようなものがあったね。その全部が気持ち悪くてさ。とにかくみんな顔色が悪いんだよ。あの中に毎日いられるだけでもすごいよ。その人たちの色はおかしかった。まるで剝製のようだった。そこにある全てが剝製的なものだったんだ。

動物も、死んでから剝製にされたのだけじゃないんじゃないか、そういう気さえした。

二度とは行かないけど『生き物にはみんな無念の情があるのね』って彼女が言ったことをよくおぼえている。動物は何も感じないなんて人間のでっちあげたうそだね。いやな、たまらない渦の中に巻き込まれていた一晩を忘れられないんだ。

それで、なんとなく牡蠣にあたったことと、あの動物たちや匂いがセットになって記憶されちゃって、冬いっしょにパリに行かなくなっちゃったんだ。仕事なんかでそれぞれでは行くけどね。」

五郎は言った。

私は、死んだ動物の無念にさらされて具合が悪くなったもうとっくに大人だったふたりのことを、なんとなく好きだと思った。ドゥ・マゴの店内で暗い顔をして冬の服で座っているふたりの映像を思い浮かべ、なんだかかわいいなと思ったのだ。

「なんか他の女性のことをつい長々としゃべってしまったな。」

五郎は言った。

「気にしなくていいよ、なんだかいい話だったわ。」

私は言った。

もやもやした塊だったその人物が、人格を持ったとたんに少し楽になる、そういうことはある。まさにそれがそうだった。

五郎の初恋の人や親戚としての彼女ではなく、人格を持ったひとりの人物としてその瞬間から私の中で人としてのユキコさんが誕生したのだと思う。

私の胸は波立つこともなかった。ただ新しくひとりの人を知った、そういう感じで、しかもそれは好きなタイプの話だったから、ますます納得した。好きな人が好きな人と組み合わさって静かに暮らしている、ただそれだけのことだった。そこに私がわりこむことも別にない、今だったら。そう思った。

ちょっと眠って、目が覚めたので起きて水をごくごく飲んでいたら五郎も起きてきた。

そして会話をひとつも交わさないままで、夜明け前にまたセックスした。二回目は妙に濃く重いセックスだった。終わってからちょっと出血したのでタオルを見せて「処女膜が破れた」と言ったら、五郎はのたうちまわって笑った。そういうときの彼は「ウンコ！」とか言って笑っている小学生となにも変わらなかった。

そしてふたりは夜明けのホテルの部屋から、それぞれの家に帰っていったのだった。

五郎のことを考えるのがつらかったので、私はしばらく東京を離れたかった。

そして私はたまたまメールをした年上の友人に「今、家に数人の女の人を泊めていて合宿状態なんだけれど、お願いしていたまかないのアルバイトの人が家庭の事情で一ヶ月くらい先にならないと来られないので、仕事が忙しくなかったらちょっとごはん作りを手伝いに来てくれない？」と誘われたのだった。

友人に聞いてみると、お寺の住職さんであるだんなさんのご両親が亡くなって畑つきの土地が残ったので、その家の中を改装して客間を広くしたそうだ。そうしたら、よく人が泊まりに来るようになって、とにかく人手が足りなくなったということだった。

そこは施設でもなく、虐待を受けた人たちのためのかけこみ寺という看板を出しているでもない。ただ友人の知り合いや、知り合いから紹介された女の人たちが友達の家に泊まるというような感じで相談しに来て、お金も払わないのに悪いから、とついでに庭仕事だの畑仕事だの掃除だのを手伝っていく。さらに煮詰っている人は数日泊まり込んでいく、という感じだった。寺だから、自然にそうなっていったのかもしれない。

みんなそうしてなんとなく畑仕事をしたり、庭や墓地の掃除をしたり、子連れで来てしまった人の子供の世話をしたり、ペット連れで来てしまった人のペットと遊んだりして、我に返って進路を見つめる、そういうふうに今のところうまく行っているようだった。もちろん宣伝など一切しないしマスコミでとりあげられるほどのことでもなく、また、田舎なのでまだ寺は侵してはならないという雰囲気が生きており、怒った身内が連れ戻しに来ることもない。そこではみなひっそりと休めるということだった。

「いつかは地元に帰って、弱い立場にある人たちの力になりたい」と言っていた彼女だったので、ついにそれが実現したんだな、と思った。

私は東京でフリーライターとしての彼女と知り合ったのだが、彼女の部屋はその頃からそういうふうで、サロンのようにいつでも誰かしらが出入りしていたし、当時から交際していた彼女のだんなさんは、住職さんだが大工仕事も得意で改装なども自分たちでかなりのところまでやったらしい。

取材にもなるだろうと思ったし、濃厚な恋愛小説の書き下ろしを終えたばかりですぐインフルエンザにかかって他の小さい仕事がたくさんたまってしまい、結局ろくに夏休みも楽しまなかったし、ちょうど少々時間の自由がきく状態だった私は喜んで早速荷物をまとめ、車で四時間のその海辺の町へと向かった。

五郎とはあの夜以来、連絡を取ることをやめていた。

留守番電話に声が入っていたときにはいつでも嬉しいと思う自分がおもしろかった。でも、かけなおしはしなかった。メールにも三回に一回くらいそっけなく返信しただけだった。今ならまだ深入りしないですむ、まだまだそういうふうに思っていたのだった。こわかった。好きになって苦しくなるのがこわくて、いったん東京から逃げ出したかった。

私の場合、いつでも黙っていると次の話が勝手にやってくるので、それに乗っていけばいいというところがある。

今思うと、ある意味では、違う角度から見たら、私自身がそこで合宿状態になっている女の人たちとさほど変わらなかったとも言える。

私の人生もある意味では膠着《こうちゃく》状態にあったのかもしれない。

自分では全然膠着している気はしていないのだけれど、なにかどかんと大きな変化があってほしいなあと思うような時期ではあったのだ。

とっくに母親を亡くし、実家にはさほど仲のよくないおばかさんな妹と父が二人暮らし、恋愛もうまくいかなくてたいして好きでもない人とつきあっては別れるのをしばらくくりかえしている、たまに好きになりそうな本格的な人と出会えば、その人にはちゃんとお相手がいる……ふと客観的に考えてみると、あまりおもしろい状態とは言えない気がしたので、しばらく何も考えずに体を動かす仕事はうってつけだった。私はそういう社会活動にほとんど興味がないのだが、体験としては興味があった。そういうところで自分がどうふるまうのかも見てみたかった。


お寺は海から少し離れた山沿いにあり、本堂と母屋は古びていたが、宿泊できる棟はかなり立派だった。私は友人のいる母屋に泊まり、母屋の古い小さな台所でごはんを作ることになった。そして母屋の一階の大広間みたいなところでみんなで食べるのだった。

それは思った以上に「体を動かす」仕事だった。頭を使ったらもうおしまいになってしまうような切迫感があった。膠着状態なんて甘いものはふっとんでしまうくらいの事情の数々に私は押しつぶされそうになった。

何もなくて単に畑仕事や寺の管理の手伝いに来ている人に混じって、その時期はボランティアの人を含めて三人の女の人が泊まっていた。

そしてそこに顔を出す人たちはいちように、ごはんを作ってくれるというだけで私のことを親のようなものと重ね合わせた。それぞれにとって、いるのだけれど多分でこぼこしていたに違いない親にだ。みななにが起きたかをいちいち話したりしなかったので、見た目ではその重さは判断できなかった。認可された施設とは全然違っていた。私は取材でそういうところに行ったこともあるけれど、そこにはそこのリアリティがあり、それに比べたらその寺は全体的に気楽な感じだった。女だけの民宿とか、宿房に泊まりにくる観光客とか、そういう感じだ。昼間は、友人夫婦に相談しにきてただごはんを食べておしゃべりし、やることがあればちょっと手伝っていくという人が圧倒的に多かった。

そこでの私はものすごく無口になった。昼間など人の出入りが多いときは、黙っていればいるほど、うまくいった。

　もちろん私の上の立場の人である友人夫婦のまわりにはもっともっと大きなうずがあったのだが、彼女と彼女のご主人はそんなことには慣れているというか天職というか生きがいなので、なにが起こっても大らかだったし、話をしっかりと聞いてあげていた。だいたい寺というのは本来開かれているものなので、人がいて当然、悩みがあって当然という感じだった。むしろそれらのもめごとは彼女たちにとって実力を磨くすばらしい試練だったのである。

　そして私のところにはそのとばっちりの小さい渦がちょろちょろ、くるくるとやってきた。

　生まれて初めて、人にごはんを作るってすごいことなんだ……と思った。

　母の代わりに父と妹にごはんを作ったことはある。毎日作っていた時期もある。でも、そんなことではなかった。ごはんを食べさせるということの重さを思い知ったのだ。数で来られるとはじめてわかることというのはある。考えられないほどの量の肉のパックをいっぺんに買うことにも慣れてしまったし、畑から取ってきた野菜のでこぼこなのや虫まみれなのにも慣れた。砂糖や塩の量がけたちがいなのにもすぐに慣れた。

　ただ人びとの期待だけには慣れなかった。もしもそこが病院や、あるいは食堂だったなら、そこにはなにか等価なものの交換がある。しかし、素人である私がごはんだけが楽しみ、あるいはごはんを憎んでいる人たちに何か作るというのは、全然違うことだった。

深く考えて個別に対応していたら発狂してしまうと思い、本能的に無口になっただけではなく、自分の笑顔に迫力が増したと思う。動作は大きくなり、優しくなった。重い物を持ったり、さっと体を動かすことに強くなった。

私は貫禄を出すにはまだ若すぎたけれど、まかないのおばさんに徹しようと思ったし、そのすばらしさを体得していった。

そこにやってくる女の人たちはみんな、笑っていてもすねていても怒っていても、どんなに親しく身を寄せていてもいつも人の顔色を見ていることはかわりなかった。ほとんど超能力かと思うくらいのものすごい繊細さと、ものすごい鈍感さが同居しているのが共通する特徴だった。そして笑顔の下にはいつでも煮えくりかえる怒りのカオスを秘めていた。

そんな人たちだからたとえ言葉尻で優しく振る舞っても、体のそむけ方や目線でみんなわかってしまう。距離をおきたい、面倒くさい、そういうことが確実に伝わる。私はしょせんお客さんだから、傷つけてしまうことはこわくなかった。ただ、あいまいに情を表して結局うそをついてしまうことだけがこわかった。自分を一定のトーンに保っていないと、彼女たちまで混乱するのがよくわかった。私はずっと寮母のおばちゃんの人格を自分の中からひっぱりだしてまとっていた。みんなでおやつばっかり食べていたからかもしれないけれど、体重まで少し増えた。

そして私は人間というものは全然変わらないのに、時代が変わってきていることをひしひしと感じた。貧困でもなく、教育も受けているのになぜか暴力の中にいるある層の人たちが確実に増えている、そういう感じがした。そこで会うふつうの女の人たちは、ちょっと前だったら一度も精神的に苦しまないような、中流の人たちだった。援助交際にもレイプにも一家心中にも拒食症にも過食症にも全く縁がないはずの人たちだった。

社会全体のいろいろなひずみがその人たちにぐっと押し寄せてきているような気がした。

私と同じくらい無口に過ごしていたマミちゃんがごはんを食べながらたまにちょっと涙ぐむことがあるのに、みんなが気づいていたけれど誰ももちろん何も言わなかった。

あまり個々の事情を聞かないことにしていたけれど、ボランティアで来ては泊まり込んでいる二十三歳のミキちゃんが話してくれたことによると、マミちゃんは十七歳くらいに見えるが実は二十一歳で、お父さんが借金して苦しくなってガスで一家心中を試みたときの心の傷みたいなものが、今生活が落ち着いたときになってじょじょに出てきているということだった。

その町ではマミちゃんの一家に起こったことを知らない人はいないので、私の友人の知り合いであったマミちゃんのお母さんが寺にしばしあずけたそうだった。誰も彼女を知らないところなら、気晴らしになるんじゃないかというくらいの、軽い気持ちだったそうだ。マミちゃんはそんなに深刻に悩んでいたのではないが、少し前に拒食症で入院していたことがあり、そのアフターケアのような感じだということだった。

マミちゃんのお父さんはその心中のときに死んでしまい、お母さんと弟とマミちゃんは生き残ったそうだ。お母さんの実家が近くにあるので、今はお母さんのご両親とマミちゃんと弟で力を合わせて暮らしているということだ。確かに気の毒な話ではあったけれど、マミちゃんが基本的に今も人びとの愛情に囲まれていることは、マミちゃんを見るとなんとなく伝わってきた。

マミちゃんは家でも家庭菜園の手伝いをしているので、寺の畑仕事に詳しかったし、虫もこわがらなかったし、野菜を無駄にしないやり方もいろいろ教えてくれた。畑と言っても小さいものだったし、夏野菜はほとんど終わっていたから遊びのようなものだったけれど、慣れない私には彼女のような若い人がそんなことを知っているのが新鮮だった。とにかく家族は切り詰めて工夫して生きているから、と言ってみなの分のエプロンを縫ったりもしてくれた。たった二週間やそこいらしかいないのに、マミちゃんは全然のんびりとしていなくて、細々《こまごま》といつもやることを見つけていた。

いっしょにいると、マミちゃんにそんな深刻なことがあったとはとても思えない。目が合うとにこっとしてくれるし、体を動かすことがとにかく好きで、一日働いた後に近所の大きな銭湯にいっしょに行ったら、その裸はお猿さんみたいに痩せていた。

よく寝るし、よく噛んでちょっとだけ食べて満足するし、子供の面倒を見るのが好きで、寺に遊びに来ている近所の子供たちとよく遊んでいた。いい子だな、と思ったし、みんなマミちゃんが好きだった。

いずれにしても毎日というのは、普通に過ぎていくものだった。どこにいても、どういう人たちといても。思い出だけがまるで無駄にめくられる本のページのように、ただどんどん蓄積していった。

およそ十人分くらいの買い出しというのは、車でなくてはとても行けない。

なので元ヤンキーで十八ですぐ免許を取っていたというミキちゃんのなめらかでうまい運転で、ものすごいスピードに酔いながら、私はその町でいちばん大きなスーパーに毎日行った。野菜は自給自足しているから工夫できるが、他のものは漠然と買うと無駄が出てしまうので、作るものをしっかりと定めて、それでもある程度は融通をきかせることができるようにあれこれ考えて、メニューを作った。そう、考えられない量の食物を、安く、おいしく仕入れるのだった。

「ね〜、カレーにしようよ。」

「また？」

「だってあたしカレーがむちゃくちゃ好きなんだもん、キミコさんのはさ、味が複雑でおいしいから。ココナツが入ってるじゃない？　あの甘味がたまらないんだよね。」

「あなたと買い物に来ると、いつもカレーになっちゃうじゃない。」

「いいじゃん、それでさ、アイス買って、岬に行って食べようよ。まだ時間あるし。」

「車飛ばさないでよ、あの道カーブが多くてこわいから。」

「大丈夫、あたし運転うまいし。」

そんなやりとりをして、ふたりで帰りに買い食いをしながら海を見た。

トランクの中の肉が腐らない程度にしかさぼれないので、ちょっとのあいだ、なにもかもわすれて岬の売店のベンチに腰かけて黙って、秋の初めの気配がある、厳しいような少し淋しいような海の景色を見た。

ミキちゃんは深刻な話をひとつもしなかった。どういう事情でそこにいるのかは知らない。彼女は近所に住んでいるからとボランティアで来ているけれど、彼女自身の人生にも何かがかかってあったのだろうとは思う。でも、ふたりはただ黙ってアイスを食べていただけだった。

彼女の運転は安心できる運転で、私が運転すると彼女が「こわい！」と騒いでブレーキを踏むみたいに足を突っ張るので、いつでも私はまるで恋愛関係にあるみたいに静かに助手席に座って、年下の彼女の運転で移動していた。そんなときは彼女のほうがよほど頼れる存在だった。

そんななんということのない時間が彼女の人生にも私の人生にもむだに、いいふうにただ蓄積していった。庭の枯れ葉が陽にあたり、ふかふかのあたたかいベッドを作るみたいに。

毎日いっしょにいて、そういうことだけはよくわかった。あまりいろいろしゃべらないからこそ、いいのだということが。


十人分の生理用品を買っておくのも意外に大変だった。

みんな羽根があるほうがいいだのだめだの、大きいのがいいだのいやだの勝手なことを言うのだが、いずれにしてもかさばるものなので、いつでも生理用品を買っている人、とレジの人には思われるんだろうなあ、と私は少し恥ずかしく思っていた。それが瞬く間に減っていって、また買い出しに行くときについでに買ってきてと頼まれる……これが永遠に続くのではないかと思えた。

おかしなことに、食事の支度よりもずっと生理用品を切らさないことのほうが気持ちの上で圧迫感があった。いつまでも減り続けるし買い足さなくてはいけないことに関しては食べるものだって同じなのにな、と私はおかしく思った。

トイレットペーパーや生活用品は住職さんがわりとこまめに買ってきているのだが、食品と生理用品だけは私の管轄だった。

　みんなよくもまあ、こんなに生理にばっかりなっているなあ、と私は感心していた。そうやって考えたら、私だってそうなのだった。

　生理のことを中心に思うと、みんなが森の中のサルの群れみたいに思えた。

　生理になって、グルーミングして、寝て、一ヶ月たって、また生理になって、食べて、寝て、恋をして、けんかして、ケガして、生理になって……生き物なんてみんなそういうものだなあ、と思ったのだ。数で来るってそういうことだろう。そして、まるで人間にはそういうことがないかのように小ぎれいに見える外の世界のほうが気味悪く感じられるほどになった。

　そうやって考えてみたら、学校に行っている間もクラスの半分くらいが生理だったときもあるだろうし、人間の毎日は案外そういうものに左右されているのに、そのことを忘れたくて仕方なく、なんとか意識にのぼらないようにするところまで持ってくることができたのも最近なのだろう、そう思えた。

　そういうことを意識するのをいやがるあまり体がおいてきぼりになっているが、今はそれを調整している時代なのかな？　とも思った。昔に戻ろうというのは簡単だけれど、気候からして違ってきているし、生活形態も全く違う。それでも体は同じなのだから起こることは変わらない。生理になったり妊娠したり更年期になったりするのをまぬがれる人はいない。今は今の状態から模索していくのだろう。そのひずみの犠牲者がこの女の人たちなんだな、と自分のことはたなにあげて思っていた。

　私は子供を産む気は全くなかったし、性病になったり、生理不順で産婦人科の台に乗って股を開いたことも三回くらいしかなかった。

　それに、私は幸い父親に殴られたことはない。言葉の暴力ならいくらでもあったけれど、トラウマになるほどでもない、たわいないことだった。愛情がベースになっていれば、多少のことはやがて許せる。恋人も殴りそうな人と見るとすっと離れた。何か圧倒的な力でその場の空間をねじきられる……それはもちろん殺人とかレイプとか大事故とか全てに共通するのだが、そういうもの全てがいやだった。いやだからと目をそむけるしかないのは子供じみていたが、時空のゆがみには幼い頃からとても敏感だった。なにかひとつのものがガンと力をかけられてゆがむ様子や、ひとつのものに人びとの意識が集約していくときの重さが私の神経には耐え難かった。耐え難いことをこれまで避けて通れたのは、とても幸運だった。

それでもさほど傷がないということだけが、彼女たちと私を決してとけあわせなかった。なんと切ないことだろうか。傷のある人同士のわかちあいというのは、傷をなめあうようではなく、もっとずうっとひそやかで、そっとしていて、それなのにものすごく激しい。そのこと自体が痛かった。

泊まっていたもうひとりは、ご主人の世話をするのが苦痛なのでちょっと休みたい、と言ってやってきたというふっくらした八十歳のおばあさんだった。二週間ほど泊まっていくつもりだということで、家のほうは主人の妹さんにお願いしてきているの、とまるで合宿に来た女学生のようにほがらかだった。梅酒が好きで、毎日一杯だけの梅酒をロックにしてちびちびと飲んでいた。

しばらく通院していた病院では特に問題はなく軽い抗うつ剤を出してもらって、効きはしたが、なんとなく息抜きが必要ということでここを紹介された、と言っていた。子供みたいなおばあさんで、動きも子供みたいだった。股をがっと開いてしゃがんだり、ぴょんと縁側から飛び降りたりしていた。

彼女は淡々とよくしゃべり、だんなさんがだまされて家の床下に換気扇をつけてしまったんだけれど、そのことで彼を責めないようにしているという話がくりかえし出てきて、それを聞いている分には夫婦仲がとてもよさそうに思えた。

私の調理を手伝ってくれようとしてよく台所に来るので、手伝わなくていいですよ、と言ったら、台所のほうがなんだか落ち着くと言うので、その日はたまたま大量のさやえんどうがあったので、おばあさんに豆をむいてもらうことにした。

豆をむいているうちに、おばあさんは突然、普段言わなかったことを話し始めた。

「夏になると、必ず主人にないしょでここのお寺に来て、水子の供養をしてきたんです。ずっと。先代の住職さんの頃から、ずっとですよ。それでここにご縁ができましたの。私は四人子供を産んだのですが、そのあとはできても主人がいらないっていうんで、九人も人工流産しましたの。男の人はそういうのが全然平気なのね。それでも私はなんとなくなにもしないわけにはいかなくて、毎年供養するんです。」

おばあさんは豆をむく手を止めて宙を見ては、言うことを捜していた。

私はなんとはなしにご主人の職業を聞いてみたら、なんと寺の住職だというではないか。

サルじゃあるまいし！

と私は思わず汚い言葉で思った。口から出なかったのは幸いだろう。

あきれてしまった。避妊もせず奥さんを中絶させ続けるような人が、他人の死出の旅を見送るなんて、なんということだろう。檀家の人たちはそのことを全然知らずに、愛した人のお葬式にそのだんなさんを呼んでお経をあげてもらうのだろう。茶番のようなそんなことで、この世はいっぱいなのだろう。そしてそういう心の傷をみんな飲み込んで、自分の気持ちより夫を立てるのがあたりまえの時代の中にいるままで、おばあさんは彼の世話をし続けているのだろう。

私たちはそういう時代からまだほんの少ししかたっていない場所にいるのだ、とあらためて考えさせられた。

女が子供を産む機械だった時代。家政婦と慰安婦を足しておふくろさんテイストを加えたものが妻と呼ばれた時代。私は別にフェミニズムの信奉者ではない。でも女性作家の集いで外国に行くとよく信じられない話を聞く。レズビアンだから治してやるとレイプされた話、奥さんを医者に診せたくないからといって病院に連れて行かず、腹膜炎の妻を死ぬまでほうっておいた男の話、十人の娘を全員幼くして売り飛ばした家族の話……そんな時代は日本人にとってもついこの間のことなのだというのを知る。このおばあさんの世代はみなそれを生きてきたのだから、私の風来坊ぶりが信じられないだろう。私の体は基本的に私だけのものである、そのことがきっとぴんと来ないだろう。

もちろん私はおばあさんには何も言わず、ただうなずきながらおみそ汁を作っていただけだった。でも頭の中ではそういうことをしみじみと考えていた。

そのなかにも理解あるかっこいい男の人はいたのだろうし、私やユキコさんのようなはずれものの女もいたのだろうけれど。そして私は思った。今の時代にも昔のままの役割をしている人たちもたくさんいるのだろうと。

人間は少しずつしか変わっていかないのだ、どういうわけか。

みなが夕方、食べる時間を楽しみにしてTVを見たり散歩したりしてくれていると、それだけで嬉しかった。そしてお昼にたまたま檀家さんとか相談に来ていた人たちとか近所の人とか子供たちとかが寄っていて、大勢にごはんを作ったりすると、私は毎回しっかりと体を動かさないと得られない種類の幸せを感じた。

そして人の匂いだとか感情の重みだとかがずっしりとしてきて苦しくてたまらなくなったときには、ひとりで散歩に出かけた。

実は台所にやることはたくさんあってそんなことをしているひまなんか全然なかったんだけれど、とにかくさっとそこを出て歩いて岬まで出かけた。

いつでも崖の上からは海が見えた。

じっと見ていると、岩のまわりには白い波がたって、そのまわりの水が光のかげんで完璧な蛍光色になる。真っ青で、まるで人工的な色みたいな深い色になるのだ。それを見ていると、なにもかも忘れそうになった。

五郎のことも、これまでの人生のことも、今夜のおかずのことも。

女たちの体がいつも近くにぎゅっとあるのに、なんでだかひとりぼっちだった。来る前はもっとみんなでもめたり泣いたりしているところかと思っていたのだけれど、全然そんなことはなかった。内側でなにを思っているにしても、みな静かだったし、表面的には穏やかだった。

彼女たちにとっていろいろなことは大きなゆがみではなく小さいゆがみとしてしか出ていない、

そのことが私を驚かせた。ちょっと注意するとなぜか笑い出してしまうとか、大勢がひとつの部屋にいると落ち着かなくなるとか、ほめられるとこわくなって硬直してしまうとか、楽しみなことほど遅刻してしまうとか、そういう類のことだった。

そしてその小さなゆがみも私はきっと持っているのだが、あまりにも振幅が小さすぎて、彼女たちに比べたらほかの人にはわからない程度なのだ。外に出てしまうほどにはなっていないのだ。多かれ少なかれゆがみ、傷ついている。人間はそういうものなんだ、と久しぶりに私は感じた。ふだんの生活で自分のまわりの似たもの同士の集まりの中にいたら、いつのまにか忘れてしまう類のことだった。

私はいつでも私自身であり、欠けても満たされてもいない。それだけでもう、私はいつだってひとりぼっちだった。

私のような「そのまま」の人は実はとても珍しいのだ。

そしてどんな暮らしの中にも、落ち着いていればきらめくような瞬間は必ずある。

子供が遊びに来ているときは午後たいてい近所の公園にピクニックに行った。おにぎりを作って、自動販売機で飲み物を買って、スーパーでお菓子を買って、あるいはみんなでケーキを焼いて持っていき、ただ芝生で過ごすだけのピクニックだった。

外で食べるというだけで、なぜかなんでもとてもおいしくてたくさん食べられるものなのだ。マミちゃんがおにぎりを二個も食べたので、拍手したこともあった。ツナペーストと卵ペーストをタッパーいっぱいに持っていったら、みんなでフランスパンを五本も食べきってしまってびっくりしたこともあった。

そんなとき、ふと気づくと、年齢や体格がばらばらの様々な種類の女たちが、ずらっと座って思い思いにぼんやりとしていた。

母親が安心していると子供は敏感にそれを察して、たとえなじみのないそんな場所でもはしゃぎまわった。みんな誰かに時間と空間を保護されながら景色を見るような余裕がこのところなかった人たちなので、その静けさと安心感をむさぼるように見えた。

みんなのおくれ毛が金色に光って、周囲に子供たちの笑い声や走り回る音が満ちていて、あまりにもうるさいのでかえって音がないように感じられた。女たちが集団でぼうっとしたり、食べたり、飲んだりしているからとてもかしましい。そこには不思議な活気があった。そうか、女と子供の集団、これが人類を回してきた光景だ、と私は思った。生臭くていたたまれなくて暑苦しくてうっとうしくて、それでも無条件にほっとしてしまう、そういう感じがした。

女の人たちは、決して男との関係のことだけで悩んでいたり、疲れてしまったのではなかった。ただ、男の人たちが持ってくる大きな疲れを一身に受けてしまった、そういう感じだった。

それでも、きれいに過ごしているその人たちを眺めていると、普段のいやなことなどみんな忘れた。初対面の人も、毎日会っているミキちゃんやマミちゃんやおばあさんも、みんなきれいなひとつの世界にただいるだけだった。空が高くて、雲が流れていき、陽があたっている世界だった。

たとえおしゃべりに興じていようと、まるで絵画みたいに静かな世界に彼女たちはいて、それこそが彼女たちの最もほしかったものなのだった。

私は女たちの人生のさわりのまたさわりのあたりしかのぞいていないし、さわりだけ見てわかったようなふりをしているのが私の仕事なのだけれど、その光景を見ていると、なんとなく「来てよかった」と思った。

そんなふうに忙しく過ごしたバイトも終わりつつあり、ほんとうのまかないの人が引き継ぎに来る日程も決まった頃、さて、どうしようか、東京に戻ろうかと思案していたとき、またもや別の友達から渡りに船のような誘いがあった。

私がこのところ滞在していた寺のすぐ近くに、たまたま昔からの男友達が別荘を持っていることを知ってはいた。

同業者である（彼は紀行文の作家で私は恋愛小説家という違いはあったけれど、お互いにいつでも静かに執筆できる場所を探していることには変わりがなかった）その友達はスペインに三ヶ月の旅行中なので、ちょっと住んで掃除でもしてくれると助かると言っていた。

彼の家は隣街にあり、執筆に集中したいときだけその別荘を使っているそうだった。

滞在するとしてもほんのしばらくの間だから、私の東京の部屋もそのままにしておけばいい。いろいろなところでちょっと寄り道して帰るのはいつものことだわ、と私は思い、喜んで掃除と換気のバイトを引き受けた。もちろん報酬はただでそこを使えることであった。

「男を連れ込んでもいいよ！」

と彼はメールに書いてきたが、私はただ苦笑するだけだった。

寺での最後の夜は、だれも泣いてないのに全てが水彩でにじんでいるようだった。

荷作りをしている手は何回も止まった。これまでもたくさんのところに旅をして、いろいろな人と別れてきたけれど、今回は平和な日本でいい人たちに囲まれて自然の中で毎日体を動かしていたのでとても楽しかったから、切なさもひとしおだった。

いつものように、いや、ちょっとだけごちそうを作って……おばあちゃんにコロッケを丸めるのを手伝ってもらったり、マミちゃんにリンゴを切ってもらってアップルパイを作ったり、ミキちゃんにひとっぱしりスーパーに行ってもらい、そこにのせるアイスを買ってきてもらったりして、ちょっとだけ豪華な食事を作った。

忙しい住職さんであるご主人も帰ってきて、みなで食卓を囲んだ。ご主人の隣が私の友人、そして私。あとはいつものおばあさん、ミキちゃん、マミちゃんだった。他のよく出入りしている人たちとは昼間にだいたいの挨拶をすませていた。みな私の本を買ってきてくれてサインを頼まれたり、小さいプレゼントやお花をもらったりした。たくさんの握手とハグと優しい言葉がきらめきのように腕の中に残っていた。

もう私が座る席も決まっていたから、いつものように座るときちょっと胸が痛んだ。

私はそのとき、インフルエンザの疲れや五郎のことや父の高齢やなにかを心の奥底でいっぺんに感じていたのだろう。タイミングよく感じていたのだ、きっと。いつもさまよい続けてひとところにいなかった私、それをなによりも好きだった私はそのとき生まれて初めて思ったのだ。「もういやだ、こんな淋しいことは。私の席がある場所から離れるのはもういやだ」というふうに。

自分でもそれには「おや?」と思い、変化を感じた。歳のせいか、大病のせいだったのか。悲しい話をたくさん聞いてナーバスになったのか? そう思った。実は違っていたのだが、とにかく不思議に思ったのだ。

いつもの私だったら、「こんな大量のごはんをきちんと作る生活とはやっとおさらばだわ。毎日いいかげんなものをちょろちょろ食べてしばらくは暮らそう」と反動を楽しみ、心はもう次の生活に飛んでいただろう。もちろんそういう気持ちはそのときもあった。でも、悲しみのほうがなぜか上回っていたのだった。

寝ていても誰かが起きて何かしていたり、おやすみと言って自分のスペースに向かうけれども、ちょっと人恋しくなればすぐに誰かと話せるし、ひとりになりたければ海に行けばいい、そんな生活は楽しかった。

そして私の人生はいつだってそうだった。

いつでもさっきまでいっしょにいた人たちの声が、海鳴りのように耳に残っていた。

気づくと、いつでも移動中の車の中にいて、思い出で胸がはりさけそうになっていた。


朝ごはんをばたばたとみなでとり、別れを感じないようにさらりと寺を出てきた。

給料は振り込みだし、みなは一日の仕事に向かっていたからほんとうにちょっとそのへんに買い物に行くような具合だった。私も自分をそういうふうにだまして出てきた。門を出るとき、ああ、戻れないんだと思った。

母の遺体が家を出て、火葬場に行くときの気持ちがよみがえってきた。もう同じようにはこの家に帰ってこないんだな、とあのときも思った。緑も道のグレーも目にしみるようだった。

胸につきささるようだった。

　そして遠ざかる景色といっしょに思い出を振り切りながら、車で二十五分ほどのところにある、普通の建て売りっぽい、築十二年の小さい家にたどりついた。

　空がどんよりと曇っていて、海は荒れ気味だった。海沿いの道を運転してきたので気をつかってかなり疲れていた。カーブがあまりにも多かったのだ。荷物はほんの少ししかなかった。バックで車を入れて、荷物を降ろした。

　玄関に立ったとき、いやな感じがした。

　それはまず匂いでやってきた。カビくさいのと生臭いのとが混じったような匂いがした。鍵をさがそうとポストの中をさぐっていたら、手を切ってしまった。しょっぱい血をなめながら思った。なんだか合わない、こんなところにはいたくない、数日泊まって逃げ出そう、と。

　そして、あの友達はどういう神経でこんな薄暗いところに住めるのだろう？　と疑問に思った。きっと別荘だからめったに来ないということで、この薄暗さ、重さに気づかないのだろう。

　そっとポストの天井を左手でもう一回探ると、ガムテープで鍵がはってあるのが見つかった。私は鍵を取り出し、家の玄関に向かった。

今度はほこりっぽい幽霊屋敷か、と私は心の中で毒づいた。いつもいろいろある人生だけれど、最近は短期間にバリエーションがすごいなあ、と私は思った。

どういう星の巡りで、こんな変なことに立て続けに接しているのかしら。

その日々の中にはいろいろな人がいるのに、私はいつでもひとりでいろいろなことを確認して過ごしていた。それはおかしな感覚だった。ちょうど、音がない世界にいるような感じで、次々とめまぐるしく物事は起こっているのに、私のまわりだけが静かなのだ。物理的に静かなところに来たら、ますますそれがわかった。

自分はいつでも静かで、何も育《はぐく》まず、誰の役にも立っていない。そのことがつい最近までは誇らしかった。しかし五郎に会ってから、突然にそれが空しさに変わった気がするのだ。

恋のせいだけではない、生物学的なものだという感じがした。

このところの数年で、なにも生まない贅沢な時間が、じょじょにその豊かだったエネルギーを失っているように思えた。

自分の体が「いつまでもこんなことをしていられないよ」というサインをしきりに送ってく

るのだ。子供を産まない人生とはそういうことなのだ、と理解していた。この時期を過ぎれば、また新しい流れがやってくると、年上の女の人たちはみな言った。子供を産もうが産むまいが、そういう時期があるんだよと全員が言った。そう、私は子供を産む気なんて全くなかった。子供がいなくてもいられる人生のやり方ばかり考えていた。だからこそ、体の内側からのサインのあまりの赤裸々さにとまどっていた。女たちと暮らして、ますますそれを感じた。私は人間であると同時に、女という生き物であり、なま物なのだという感じだった。これまで特別にそれを否定してきたわけではないが、強調もしてこなかった。そして子供を産まないということをこれほどまでにはっきりと打ち出していても、何か調子がおかしくなるのだから、生き物としての本能とはものすごい力なのだ、と思わずにはいられなかった。

これがなにかの変わり目か、それとも自分がいつのまにか大事な流れから離れてしまったのか、私にはまだよくわからなかった。

洗車のついでに庭木にもたくさん水をやって、勢いで草刈りまでして、玄関も洗って、家中の床をふいて、ほこりを払い、庭で取ってきた花を花瓶に生けて。

やっとその場所を人間らしい空間に持っていくことができたのはほとんど夜という時刻だった。

体を動かしすぎたから休もうと思ってきたのに、昨日までの数倍も動いてしまった……と私は苦笑した。

そして、ずいぶんといい感じにはなったのに、家の中がとげとげする感じは消えなかった。いちばんいやだったのは納戸にキジとタヌキの剝製がずさんにビニール袋に入ってほうりこんであったことだった。それらがなんとなくけものくさい匂いをまきちらしていて、家にその匂いがところどころ感じられて、私は吐き気がした。また剝製か、剝製の話題か、と思ったのだ。このキーワードがなにを意味するのか、しばし考えたが私はわからなかった。

あるカップルの終焉《しゅうえん》が私にその悲しみの波をおよぼしているのかもしれない、そんな気もした。私のせいでなくても、五郎とユキコさんがある意味でもう終わっているのは明白だったからだ。

どうして剝製なんて人はつくるのだろう。生きているときの姿を愛しているから作ったとか、エジプトみたいに信仰上の理由でミイラにするならまだわかる。でも狩りでとってきた動物を剝製にするのは五郎たちと同じく、好きではなかった。まあ狩りも獲物もとにかく私の趣味じゃないのだ。

それで剝製たちも日干しにしてほこりをはらってみたけれど、あまりいい感じがしなかったので、夕方にはビニールに軽く包んでそっとまた納戸にしまった。

このように、同じ主題が短期間に二回出てくるときは、要注意なのだ。

それは私の人生の重要な法則だった。

でも、なにが要注意なのかわかりはしなかった。まだ。見極めたいという好奇心と早く逃げ出したい気持ちが半々だったが、とりあえず今は考えないことにしようと思った。

実は剝製に関して、私はもうひとつのエピソードを持っていた。

幼い頃に親友だった女の子が、ある時期お務めの都合上、どうしても寮に入らなくてはいけなくなったことがある。

その寮は、暗い坂の途中にあった。

右側は大学の校舎があり、左側には剝製屋があった。キジだとか鹿だとかが、ウィンドウに並んでいた。そしてそこを曲がったじめじめした玄関の古い建物が彼女の住む寮だった。今住んでいるのは、剝製屋の角を曲がったところ、といつも彼女は言っていた。

目印はそれしかなかったので、仕方がない。

私はそこを曲がるとき、いつもひやっとしたいやな気持ちになった。剝製と目が合うような感じだ。

そこに住んでいるあいだ、彼女はとても不幸で、暗かった。

遊びに行くといつでも思い悩んでいて、帰りに剝製屋の角まで送ってきてくれるのだが、別れ際はとても淋しそうだった。暗い剝製屋のガラスのところで、白い手を振っている彼女の心細い姿を忘れられない。

結局彼女は体調を崩して、そこを引っ越していった。今は結婚もして元気になったと聞いているが、あれ以来、私はますます剝製の持つ淋しい雰囲気が嫌いになったのだった。

私は動物が好きで、実家には今でも何匹も猫がいる。犬もいる。実家に帰るといつでもいっしょに寝る。比べてはいけないけれど、私が寺でてきぱき働けたのは、動物の世話になれているからだったと思う。動物の世話をしていなかったら、今頃私はほんもののぐうたらになっていただろうと思う。

今住んでいる部屋でも、シロという名の大きな白い雑種猫を飼っていた。実家にいる頃に拾って飼っていた猫で、私になついていたので家を出るとき連れてきたのだった。シロは二十歳くらいまで生きて、数年前に死んでしまった。

その猫が死んでからは家にいるのが切なくてここぞとばかり旅行ばかりしているけれど、またいつか猫を拾ったら飼いたいと思う。

でもいずれにしても、どんなに好きでも死んだ猫を剝製にしたいとは思わなかった。ほんとうはずっと手元に置きたかったけれど、だんだん硬くなっていく体に触れていたら、もうここにはいないんだな、ということがわかってきたのだ。

生きていたものが死んで硬くなってからもまだ皮と形を保存するなんて、ほんとうにいやだ。自分が殺した生き物を記念に保存するなんてもっといやだ。人間に置き換えて考えるとぞっとする。動物と暮らしたことがあれば、その置き換えは容易なのだ。

動物が好きで、かわいそうだから剝製はいや、なんていうのとは少し違った。死体に対する敬意ともまた違う。ただ、あの形態の淋しさが生理的に好きになれないのだった。

だからこの主題がくりかえし出てきていることに、私は何かの警告を感じていた。なにだかはわからない、でもそんな気がした。

片づけが全部終わったので、うどんをゆでて食べてみたけれど、全然食欲がわいてこなかった。ビールもまるで苦い水みたいな感じの味がした。

疲れているんだわ……と思って、私はソファでそのままうとうとしはじめた。客間のベッドはなんだかほこりっぽかったので、ソファで寝ることにしたのだった。眠りは疲れ果てた体をそっと包むように訪れ、深みに私をひきずりこんだ。そういえば人の声がしないところで眠るのも久しぶりだった。私だけが波を作っているこの空間、やっと少し片づいて多少いやすくなった場所だった。

そして私はおかしな夢を見た。

私はひとりで真夏の海辺にいる。

ものすごい岩場で、砂浜は全くない。波がざぶんざぶんと岩場を洗って、温かい海水のプールがいくつもできている。そこにはきらきらと陽が輝き、魚がはねたりしている。海の色は信じられないくらい青く、光といっしょにその青が濃く薄くゆらめいてみえた。

私はなぜかそこの岩場の上の、大きな木の枝にぶらさがっているタイヤにつかまって海の上で勢いよくブランコをこいでいるような感じで遊んでいる。高いところからぶらさがっているので、思いの外スピードが出て、こわいくらいだった。

私の後ろには確かに崖がある。そのことはわかっているのだが、なんとなく見るのがいやで、私は崖を振り向かないようにしている。でも、気になってしかたがない。何回も見ようとしては、タイミングを逃して振り向けないまま、すうっとすべっていく。

そして、そんなふうにタイヤのブランコにつかまって岩場の上を飛んでいると、イルカたちがやってきて、楽しそうにいっしょにジャンプして遊びはじめた。上から見るとますます、岩場の水たまりには生き物がたくさんいた。いろいろな形の貝がたくさん、真っ青の小魚がはねていて、海草も生えている。ぬるくなっている水が透けている。

よく見ると岩の下の水の底にも黄色や青の魚がたくさん泳いでいるのが見える。青と、珊瑚のピンクや赤やオレンジや白などの不思議な色あいは、まるで宇宙から地球を見下ろしているようなすばらしさだった。胸がひやっとするような、しかしすっとするような気分だった。

イルカは私をからかうようにブランコの速さに合わせてジャンプする。水がはねたり、イルカの体に触りそうになってどきどきしたりする。イルカは声をたてて笑っているように見える。

そして、ふっと私は気づいてしまう。

イルカは、私にあの崖を振り向かせまいとしているのではないか？

振り向こうとすると急に大騒ぎして私の気をひいたり、ジャンプしたりしてはいないか？

どうしてだろう……。

そこで目が覚めた。

喉が渇いているし、なんだか胸苦しかった。

夢の余韻が奇妙な形で残っていた。夜になって風が出てきて、少し涼しくはなっているのだが、おかしなあぶら汗が出ていた。イルカのことを思い出すと気持ちが明るくなるのだが、崖を思い出すとどうしようもなくいやな気持ちになった。崖のほうには何か悪意があるものがいる、そんな気がした。それがどうというのではなく、ただそんな気がしたのだ。いやななにかが黒い雲のように存在している。そう思えた。

寝起きのもやもやした、半覚醒状態の思考の中でそんなことが次々に頭に浮かんできたのだった。

私はふと自分の体を見下ろした。すると、お腹のところだけ毛布がかかっていた。そうだ、自分でなんとなく枕元の毛布をたぐりよせてかけたような気がする。だからこんなに暑かったのか……私は思った。なんでそんなことをしたんだろう？　汗だくになってまで、ふとんをかけたかったんだ、私は。

深く夢を見たわりには、あまり時間がたっていなかった。

もう暗くなりかけた岬の眺めはなんだか淋しげだった。波がどっぱんとぶつかっては白い残像を残してはじける様子も、ひとりになりたくてなりたくて施設を抜け出し、まるで酸素を吸うように眺めていたものとはまるで違うものに見えた。

ひとりということが、こんなに淋しいというふうに感じるのは、大勢と過ごす夢の中にいたからだろう。そこからまた覚めて、また別の世界を見に行く。それがいつまで続くのだろう？

いつもはすてきに思えるそんな旅の人生が、またしても少し空しく見えた。黒い海の色、白い波頭の色、遠く続く空……空しさがじわっと私の意識にしみてくる。

いけないいけない、いったいなんなのだろう？

食欲もないし、気分が悪かった。ここをもう出よう、そう思った。

車で出て、高速に乗れば、自分の好きなもので整えられている自分の部屋に帰ることができる。もし運転に疲れたり眠くなってしまったなら途中どこかで一泊しよう、そうしたらそんなに疲れないで行ける。そう思うのだが、おっくうで仕方がないのだった。

とりあえず、そんなに長くはいられないよ、と友達に電話をしよう、そう思った。


「もしもし？」

国際電話なので、声がとぎれとぎれに聞こえた。

向こうは朝だったので、なんとなく友達の声は寝起きの鼻声だった。

「ああ、キミコさん？」

「そう、今、あなたの別荘にいるんだけれど。」

「掃除しといてくれた？　汚かったでしょう。スーパーはちょっと降りたところに三叉路があって、そこを右に行ってすぐだからね。」

彼は明るい調子で言った。向こうの朝の強い光がこちらにまで届きそうだった。いいなあ、と私は思った。これから夜が来るのが少し憂鬱だった。もちろんそれは初めての場所でまだ居場所がつかめないからではなく、この家があまり好きではなかったからだ。

「うん、掃除はしたわよ。でもね、私、悪いけれど、ここにあまり長居できそうにないの。なんだかあまりなじめないっていう感じなの。ごめんね、せっかくの別荘なのに、けちをつけるみたいなことを言って。」

私は言った。

「あ、大丈夫、それは俺もだから。」

彼は言った。

私は拍子抜けしてしまい、

「なにそれ？」

と言った。

「俺ね、なんかそこにいると夢見も悪いし、圧迫感があるんだ。波の音がせまってきすぎるからかなあ？　そこで執筆に専念するのがいいだろうと思って買ったんだけれど、だんだん足が遠のいてしまってね。だから、もう遠くなく手放すつもりなんだ。でも、せっかくだから手放す前にみんなに使ってほしくてさ。」

彼は言った。

「なにか、よくないことがあったとかなの？　ここ。」

私は言った。

「そんなのは聞いてないけれど、前の人は元化学者のおじいさんで、別荘として使っていたみたいよ。亡くなったから手放したって聞いたよ。もちろんそこでひとり亡くなって遺体が見つかったわけではなくて、最後は病院に入院して、普通に近所に住んでいる息子夫婦に看取られて、お葬式もちゃんとしたって聞いた。」

彼は言った。

「じゃあ、大丈夫なところなのね。よかった。誰も自殺とかしてないのね。」

私は答えた。

「そういう感じがする？」

彼は言った。

「そこまでは言わないけれど、なんだかほこりっぽくて臭いし、陰気だし。」

私は言った。

「俺も数回しか行ったことないからなあ。しかもいつも締め切りであまり余裕を持って家の中を見たことがないしなあ。」

申し訳なさそうに彼は言った。

「まあ、それだったら少しはいることができるかもしれないわ。」

私は言った。

「そうだよ、もうすぐそこは人のものになるからさ、きっと。今のうちに楽しんでおいてよ。」

友達は言った。

少し心明るくなって電話を切った。

私の気持ちの淋しさにも原因はあったと思う。

ほんとうは、今すぐにでもまた、あの寺に遊びに行きたいけれど、うっとうしく感じていたあの人たちの笑顔がもう恋しいけれど、新しく来たまかないの人をいじけさせたくないし、過去を振り返るのもいやなので、去り際にはうそをついて、みんなには私はもう東京に帰ったことにしていた。私がまだ近辺をうろうろしているというのは、友人である寺の住職夫妻にしか知らせていなかった。

しばらく滞在するようなら偶然会ったり見かけられたりするかもしれないし、そういうことでもあればわかってしまってもいいかな、というふうに思っていた。

もう少し時間がたったら楽しく遊びに行けるけれど、今はまだ、目を閉じるとみんなの顔が見えるし、耳の中ではいつでもみんなの声が響いているし、夕方になるとごはんを作らなくちゃ、と体が覚えている状態だった。

いったん自分に戻らなくちゃ、と思って、私はとにかくじっとしていた。

こういう心弱いときは、景色を見ても海の音を聞いてもさっきまでいっしょにいた人たちの顔が思い浮かぶ。もっといっしょにいればよかったと思うし、頭の中で何回も何回も、もっとあそこで長く働ける方法をシミュレーションしたりする。

しかし、人生は、そうやっていつのまにか重い何かにとらえられてしまうのだ、と私は熟知していた。

これまで、いろいろなところで何回引き留められただろう。ここにいて、ここで暮らそう、ここに根をおろそう。どれだけ誘われただろう。恋愛に、友情に、場の力に、信仰に。そういう愛のこもった束縛に、どれだけ身をまかせたいと思いながらも去ってきただろう。私は、この持っている魔法が消えるのがわかっていてもそこに留まりたいほどに、その人たちを愛せる自信がなかった。何かが違うと思えば、去るしかなかった。

今はまだ、あそこの人たちと私は糸のようなものでつながっている。あの人たちも私が恋しくて仕方ないだろうと思う。お互いの気持ちがまだ空中で出会っているのがわかる。手に取るように感じられる。お皿を見るたび、台所を通るたび、あの人たちは私を思い出すだろう。そして毎日新しい人が来て、古い人は去っていき、空気が変わるまでにはまだあと少しかかる。

私は半分くらいまだあの場所にいるのに、体はここにいる。ひとりでいる。

そういうことをこれまで何回くらい経験しただろう。人生の位置を定めないというのはそういうことだ。また明日に向かい続けるとは、そういうことだ。荷作りをして空港に着き、あの同じ照明、似た雰囲気の中でリセットされる。新しい場所で朝を迎えると、淋しいけれどどこかほっとする。

そしてほんとうはきっとみんなこうなのだけれど、長いスパンでやっているのでなかなか気づかないだけなのだろう。

やっと少しお腹が減ってきたので、なにか食べようと思って車でさっと買い出しに行った。なぜか食べたいものといったらナンプラーの味がするものだけなので、たくさんのナンプラーとピーナツのくだいたものを入れて、ライムをしぼり、日本産のビーフンでパッタイもどきの焼きそばを作った。食欲がなくて全部は食べられなかったけれど、やっとお腹が温まった。

一人分のごはんは、ここしばらく大量のごはんを見慣れた私には、まるで猫のごはんみたいにちっぽけに思えた。

そして買い出しに行ったとき、崖の暗さや夜の海の大きさに魅惑されて少し心が広がった。星もぽつぽつ出ていた。車を停めて少し潮風に当たったら、体の中まで海の匂いがしてきそうなくらい濃い空気があたりに満ちていた。


そしてまた夢を見た。

今度もまた崖を背にしていた。そして、崖の前に半透明の近未来的な建物があり、私は母といっしょにそこから出たところだった。

向かいの建物に行きたいと思っているのだが、そのふたつをつなぐのは海底に走る透明なチューブのような通路だった。その通路の床は動く廊下になっていて、乗り込むとものすごいスピードで向かいの建物に走っていく。

母はよそいきのカーディガンとヒールのある靴をはいていた。

そして一度チューブに乗り込んで向かいの建物のところで降りてから、忘れ物をした、ともう一度戻っていった。私は急に心配になり、自分も戻ろうとチューブに乗り込む。すると、もう母はこちらへ向かうチューブに乗り込んだところで、途中で透明なチューブ越しにすれ違うのだ。

すごい速さでしゅうっと流れていく道の向こうには崖がそびえたち、母はあっというまにすれ違いながらも手を振っていた。そっちで待ってて、と私は合図をする。

そんな夢だった。

目が覚めたら、びっしょりと寝汗をかいていた。

そしてなんだか熱がある感じがした。息苦しいし、吐きそうな感じもした。

家の中になにかとんでもない密度のものがつまっている感じだった。

だめだ、ここにひとりでいるなんて考えられない。私はそう思った。

でも体が重く、口の中はいやな味がした。

そしてうとうとしながら、もう一度夢を見た。

誰かが、何回も何回も私に向かって何かを書いて見せている夢だった。その人は黒子《くろこ》のようになにかをかぶっていて、顔は見えなかった。でも、手に手帳を持って、何かを書きつけていて何回でも目の前に見せてくるのだ。その人は声は出さない、でもものすごく何かを伝えたがっている、それは確かだった。

私はきっとなにかに気づくべきなのだ、と私は感じていたが、それがなにであるのか、さっぱりわからなかった。全ての夢がそういう意味なのに、私の頭も体も鈍いままだった。

気がつくともう朝日が射してきていた。カーテンが薄いので、全然日よけになっていないのだ。ああ、眠れやしない、もうこんなところ出てやる、と弱った気持ちで私は毒づいた。

昨日まではいろいろな人に囲まれてばたばたと走り回り、泥のように眠っていたのに、もう今日は神経が立って眠れないのだった。人間なんてそんなものだ。

人生のうつろいやすさと共に、もうあの日々が体から抜けていくのを感じていた。


そして私は、また波の音を聞きながらうたた寝してしまった。寝ても寝ても、ずるずると眠りの帯は私をだらしなく引っ張っていく。

目が覚めるとき、遠くで携帯電話が鳴っているのに気づいた。取りたいけれど、体が重くて動かなかった。まるで金縛りみたいに、だるくて変な汗をかいていて起きられなかった。

半分眠ったままでそちらへと動いていった。

電話の音は止み、私はぼんやりとしたままで履歴を見た。

不在着信の発信元は「住職さん」となっていた。

なんだろう？　誰かに問題があって呼び戻されるのかな？　だとしたらどんなにいいだろう、わくわくしちゃうな、と私は内心思っていた。そしてかけなおしてみた。

長い呼び出しのあとに、友達のご主人が出てきた。

「どうした？」

彼はびっくりしたように言った。

「もうお友達の別荘には着きましたか？　こっちではみんな淋しがってますよ。キミコさんのごはんはおいしかったって評判がいいよ。新しいまかないの人に悪いから、みんな口には出さないけどね。」

「お電話いただいたようなので、かけなおしましたけど。」

おかしいな、と思って私は言った。

「あれ？　俺はかけてないですよ？」

彼は言った。

「あれ？　たった今だと思いますよ？」

私は言った。

「ポケットの中で押されたのかなあ？」

彼は言った。

「ところでどう？　まかないの仕事をしなくていい生活は。」

「じっとしていられないのが身に付いてしまったので、逆にリハビリ中です。ゆっくりと帰ります。みなさんにほんとうによろしくお伝えください。もっとドロドロしたところかと思っていたら、みないい人で静かだし、畑仕事も楽しかったし、いい経験をしました。」

私は言った。

「どうかいつでも寄ってください。」

彼は言った。

「はい、また遊びに行きます。」

私の胸が切なく痛んだが、もうあの日々には戻れないとわかっていた。同じように会っても、もう私はお客さんなのだなあ、と思った。まとめて生理用品を買うこともないし、汗をかいて調理場に立つこともない。

時間はどんどん、情け容赦なく過ぎていって私を今に運んでいる。

お別れを告げて電話を切った。

ほんとうはいつでも時間を止めたいのは淋しがり屋の私のほうなのだろう。妹に関してもほんとうはそうだった。看病を終えて彼女が去っていくとき、ほんとうはもう一泊してほしかった。でも妹は「明日デートがあるから、家に帰らなくちゃ。」とさっぱり去っていった。いつでも妹のほうがクールで引き際がよい。

五郎のこともそうだ。

私は何回かうっとりと思った。あの夕方の特別な雰囲気について。私はいつだってあの夜のはじまりの、イルカのところに戻りたい。それがどんなに幻だと知っていても、強力な夢を見た。お互いを好きで、いっしょにいたいという夢、今夜は永遠に続いて、ふたりの人間のあいだで同じふうに時間が流れているという夢だった。勢いがあって、ちょうど花が開くときみたいな感じ。

普段とちょっと違ったのは「うわあ、楽しい思い出をまたストックしちゃった、いつか書かなくちゃ！」と思わずに、「ああ、また会いたいな」と思ったことだった。

あぶない。恋愛はいつでも時間を奪う。必ず冷めるとわかっているのに、そのときは巻き込まれて気づかないうちに、いろいろなものを失ってしまうし、私のための時間が減ってしまう。まだ誰にも何かを与えたいというほどには愛していないのに、私はまた私をひとところにしばりつける流れの中に入ってしまいそうになる。

そんなことを考えながら一人でぼうっとしていた。


すると、電話が鳴った。

画面には番号だけが出ていた。

「もしもし？」

私は言った。

「もしもし？　キミコさん？」

女の声がしてきた。そしてその声の低さに特徴があったので、私はすぐに思い出した。

「もしかして、マミちゃん？」

「そう、よくわかったね。」

私はマミちゃんと、「なすのへたが取れちゃった」とか「虫除けスプレーいる？」とかそういうような具体的な会話以外には、あまりたくさんの会話を交わしたことがなかった。でもマミちゃんは目が合うとにこっとしてくれることが多かったから、いつも静かなマミちゃんとはなんとなく気が合うような、同じものを見ているような気が勝手にだけれどしていた。だから、私は電話がかかってきたことが少し嬉しかった。

「嬉しいけど、どうしてこの番号がわかったの？」

私は言った。誰にも電話番号は教えていなかった。みんなに教えたのはパソコンのほうのメールアドレスだけだった。

マミちゃんは言った。

「さっき、住職さんの携帯からこっそり調べてかけたから。」

「そんなことしちゃだめじゃん。」

私は言った。

「でもちょっと嬉しい。ほんとうは少しだけ淋しかったから。」

「用事があって、急ぎだから、どうしてもメールでは言いにくかったから。ごめんなさい。」

マミちゃんは言った。

「なに？　なにか大事なこと？」

とてつもなく重い話を聞かせられるのにはここしばらくで慣れきっていて、私はちょっと気が重くなった。私はきっと、私を少し気にいってくれたマミちゃんに、過去のことを打ち明けられてしまうのだ、と覚悟した。

でもマミちゃんの言いたいことは、そういうのでもないらしかった。マミちゃんは言った。

「ねえ、キミコさんはまだこの近くにいるでしょう？　ほんとうは。」

「なんでわかるの？」

私は驚いた。

「感じるの、近くに。それで、崖の上というか、そういうところにいるよね？」

「うん。」

私は言った。窓の外には海が見えている。音のない海の映像は、どこか遠くの星の風景のように荒れて見える。

「あのね、今はなんていうのかな、瀬戸際のところだから、なるべくね、重い物を持ったり、泳いだり、庭仕事をしたりしないでほしいの。それで、なるべく早くにそこを出てほしいの。

あまりそこはよくないみたいなの。あとね、キミコさんは何かをまとめて燃やそうとしてるみたいなんだけれど、それは体によくないの。」

マミちゃんは言った。

「なんだか全然わからないけれど、マミちゃんが何かを感じてくれているのはわかるよ。」

私は言った。

「私、頭がおかしい、そういうことにかぶれた人みたいでしょう?」

マミちゃんは笑った。

「そんなことはないけれど、少し驚いているわ。」

私は言った。マミちゃんは続けた。

「あのね、でも科学的に根拠があるといえなくもなくて。私ね、一家心中したときに、一酸化炭素中毒になって、しばらく呼吸が止まっていたの。それで、そのときに家族の中で私だけ臨死体験みたいなことがあって、あとからたくさん本を読んだんだけれど、みな共通していることがあって、私も大きな白い光を見たり、川のような大きな水の流れを見たり、美しい人たちや死んだ親戚に会ったりしたの。それで、回復してからはほんの少しなんだけれど、畑仕事をしていたり誰かをぼうっと見ていたりすると、ふっといろいろなことが浮かぶことがあるのよ。」

「そう……そういうことがあるっていうのは、私も本で読んだことがあるし、ノンフィクションの本を作るお手伝いをしたときに、そういう人を取材したこともあるよ。」

私は言った。

「よかった、頭がおかしいとは思われてない。」

マミちゃんは笑い、続けた。

「ねえ、行ってもいい？　そこに。私、直接話したいの。自由時間の外出のときにでも。」

「いいけど、私、みんなのことを……」

私は正直に言った。マミちゃんには通じる、そんな気がしたのだ。

「少し好きになりすぎて、離れるのがつらいから、まだみんなに会いたくないの。だから、他の人には絶対に言わないでくれる？　ここのことを。私はいずれにしても、もうそんなにここにいないから。」

「うん、約束する。その気持ちわかるの。キミコさんのことを考えると胸がはりさけそう。」

マミちゃんは言った。

「だったら、明日の午後、ちょっと寄ってもいい？」

「マミちゃん、ここに来るにも車がないでしょう。あのさ、隣のA駅まで電車で来てくれる？

そしたら車で迎えに行くわ。駅前でケーキも買えるし、午後のお茶をしましょう。うまくすれば晩ごはんもいっしょに食べようか。」

私は言った。

「午後自由になる時間は一時くらいからだよね？　だから一時半に駅に行くよ。大丈夫？」

「うん、住職さんと奥さんにはこっそりと言っておく。それで、晩ごはんの時間に遅れたらみんなには先に食べていてもらうようにする。」

マミちゃんは言った。

「そのほうが安心だね。」

私は言った。マミちゃんがこんなに聡明で感じがいいなんて知らなかったので、私は改めて自分がまかないのおばさんから自分に戻っていることを知った。じわじわと、服を脱ぐように元のリアリティに戻っていく。しかしそこは淋しい別荘にいる恋愛小説家という現実世界であった。そして大きな目で見ればいずれにしても夢には違いない。どの場面もだ。

「とにかく、そこには、あまりいないほうがいいのよ。」

低く甘い声でマミちゃんは言った。

私はぞくっとした。


電話を切ると、また急に私の活気はおとろえていった。

確かに悪い魔法みたいに、ここにいるとしゅうしゅうと何かが抜けていくのがわかる。

私はまたちょっと昼寝をすることにした。横になっていたかったので、寝なくてもいいからごろっとなっていようと思った。水が飲みたくて、ペットボトル半分くらい一気に飲んでしまった。

なんでこんなに眠いのだろう？　慣れない力仕事の連続だったからだろうか。作家は普段体を動かさなくていけないなあ、などと思いながら、私はぼんやりとしていた。そう言えばここでの庭仕事はいけないってマミちゃんも言っていたなあ……。

うとうとしたら、何かが膝の上に乗ってきた。

いや、多分そういう夢を見たのだろう、夢と現《うつつ》の境目くらいになにかを感じているときというのがあるが、そういうときは体は動かせないけれど、自分でははっきりと意識がある感じがする。

私はほんとうは目を閉じているのに、膝の上を見ることができた。シロだった。

長い間暮らして死んでしまった猫が、膝の上でごろごろいっていた。死ぬ直前の紙のように軽い状態ではなくて、まだずっしりと重くて肉がぱつんぱつんとはじけそうな頃のシロだった。

そうか、死ぬといちばんいいときの姿で出てくるっていうのはほんとうだったんだ、と私は思った。私は夢の中の腕で、シロをなでた。毛皮の感じがなつかしくて、うっとりとした。涙はなぜか出てこなくて、この貴重な時間を大事にしようとだけ思っていた。

シロの大きな体の重さが、私のお腹をあたためていった。

お腹をあたためてもらうことがとても嬉しかった。シロが全部の体温を私に移しているような感じがした。

あと一分でも一秒でもいいからいっしょにいたい、人間にはこういうふうに思ったことがない、私は思った。どうしてなのだろう、私は人間なのに。人間よりも猫とこんなにくっついていたいなんて。涙が出るほどだ。

懐かしいシロといっしょにいるうちに、ほんとうにぐっすりと寝入ってしまった。


目がさめたらシロはいなくて、ただ陽が射している部屋だけがあった。なにもかも海風と光にさらされている風景だけがあった。ほこりっぽいソファで私は、

「あれ？　さっきまでシロがいたのになあ、悲しいなあ。シロがここにいたらどんなにいいだろう。」

と思った。

でも、きっとシロはいるのだろうと思った。見えないだけで、いつもいるのだろう。私が夢と現実の間にいたから、ふと見えてしまったんだ、きっと。そう思ったら、ちょっとした睡眠で疲れも取れていたし、少し元気が出てきた。

マミちゃんには忠告されたが、ひまだし、友達のためにせいぜい掃除でもしていってあげよう、と思って私は無理のない程度に掃除を始めた。

昨日はしなかったけれど、床もちゃんと磨いて、押し入れの中のほこりも取って、換気してからここを去ろう、そういうふうに思った。

二階は陽にさらされてカーテンも色あせていたので、思い切って窓を開け放った。とたんにまた孤独な感じがした。波や風の音が急に大きく届いてきたのだ。風もびゅうと入ってきた。べたべたした風だった。

波頭が遠くに白く光って見えた。

私の人生っていったいなんなのだろう、とふと思った。

何かから逃げているだけにも思えるし、何かに立ち向かい続けているようでもあった。それはいずれにしても休息のない旅だった。

インフルエンザの熱のあとは恋の熱にさらされ、それに夢中でなんとか過ぎていた日々が急に冷えてきて、全てがまぼろしに思えたからかもしれない。じたばたしてもなにも変わらず、私のこの体も丘の上でさらされる骨みたいに思い出にさらされては、いつかこの世から消えていく。

きっと脳の血管が切れて、と思ったとき、妹を思い出してちょっと元気が出た。とんちんかんでばかでかわいい私の妹。

さて、残りの部屋の換気をしてしまおうか、とだるくて重い体をひきずるようにして窓辺を離れた。

そして奥の部屋に入っていった。

そこは友人の書斎になっているようで、ほんの六畳ほどの洋室なのだが机と本ばっかりだった。ジャンル違いとは言え同業者の創作の秘密を盗んではいけないので机の上は見ず、本棚のほこりをはたきで払っていたら、なんとなくまた異臭がしてきた。かすかなカビとけものの匂いだった。

どうしてこんなに匂いに敏感なんだろう？　と私は自分をおかしく思った。ちょっと前まであれほどまでに女臭い家にいて、あんなに鈍感でいられたのに。

それで匂いの来るほうをたどっていったら、天井に屋根裏に続くような小さな口があるのを発見した。私はまず窓をうんと大きく開けてとりあえず今の不快さを取り払った。潮風が入ってきて、部屋は明るくなった。あまり深入りしないようにしようと思いながらも私は椅子を持ってきて、その小さな扉の取っ手をはずして、天井のほうに押し上げてみた。きっとねずみでも死んでいるのだろう、触るのはいやだから、もし見えるところにあったら友人に知らせるだけにしよう、そう思った。

天井裏は思ったよりも臭くなく、私はもう少し扉を押し上げてのぞいてみた。いろいろ荷物が置いてあるようだが、よく見えなかった。私は友達の机の上のスタンドをちょっとこちらのほうにずらして、もう一回天井裏をのぞいてみた。

そして、なんだかいやなものを見た、そんな感じがした。

でももう一度見てみた。目が拒否するという感じがあったのだった。

動物のシルエットがそこにはあった。猫と犬だった。

そこにはまたいくつかの剝製があったのだった。

それは昨日見た、タヌキだとかキジだとかのものではなく、そのへんにいるような猫や小型犬の剝製だった。

私は頭がくらくらして、机の上にかがみこんでしまった。

「きっと、ここに住んでいたおじいさんは頭がおかしかったんだ。」

私は悟った。

「そしてそのへんにいる猫や犬をつかまえて、皮をなめして、剝製にしていたんだ。きっと毒えさをまいたり、罠をしかけたり、スーパーにつながれているペットの犬をさらってきたりして、調達していたんだ。そしてそんな趣味があることを、知られないままに死んでいったんだ。」

私は涙が出てきた。

動物たちがこの家で、どんな気持ちで殺されていったかと思うと、どうしていいかわからなかった。ほんとうに動揺して、吐きそうになった。

そしてトイレにかけこんで実際に吐いた。

私には五郎の彼女のユキコさんの気持ちが痛いほどわかった。パリで剝製たちを見て動揺してしまった彼女の気持ちが。それで同じ気持ちを味わったますます彼女を好きになって、どうしていいかわからなくなってきた。

それともこれはめぐりめぐって彼女の呪いなのだろうか。彼女が私の登場をうっとうしくいやだと思う気持ちが届いてきてしまったのだろうか。風に乗ってくる遠くの花の香りみたいに甘く呪わしく。

いろいろなことがよどんで中断している感じの中で、私はとりあえず屋根裏への扉を閉じ、階下に戻った。

そして夕方が来たので時差を考えながら友達に電話をした。

「もしもし。」

眠そうな声で友達が出てきた。

「何回も電話してごめんなさい。」

私は言った。

それでも友達につながったらほっとした。この家について今何かを共有できるのは彼しかいなかったからだ。

「ねえ、私はもうここを出るよ。気持ち悪いものがあったの。」

私は言った。

「うん、それは全然かまわないよ。ところでそれは何？　気になるよ、そんな調子で電話かかってきたらさ。」

彼は言った。

何も言わなきゃそれはそれでいいかな、という気もしたけれど、一応言うことにした。

「ここの納戸に剝製があるの、見た？」

「うん、見た。捨てていいって言われたんだけど、なんとなくそのままだね。」

「あのね、あなたの書斎の天井裏に、もっと剝製があるの。しかもそのへんの犬とか猫で作られているの。」

私は言った。

「ええ？　全然知らないよ。ちょっと生臭いなとは思っていたけれど。それ……ご遺族も知らないと思うな。知らせるべき？」

彼は言った。彼はとても現実的な人だった。

「もしも犯罪だとしたら、知らせない方がいいのかもしれない。だってこのへんにはあまり家がないけれども、もしかしたら飼い犬や猫も混じっているかもしれない。」

「それはまずいな。できれば黙って家ごと売ってしまいたいところだな。」

「でしょう、と思って。」

「まあ、俺もすぐ売るよ。聞けば聞くほど、なんだかいやになってきた、そこが。」

「そうでしょう。私ももういられない。もしかして体力があれば、捨てていくかもしれない、いくつかの剝製は。いいかな。」

「いいけど、それだったら、きっと保健所とか呼べないでしょう。」

「埋めたら？」

「埋めるのはいいかもしれないけれど、もしかして犯罪に荷担することになるのかな？」

「どうなんでしょうね。」

「っていうか、剝製って、骨と内臓は入ってないよね？　型があって、そこになめして防腐処置をした皮を張り付けてあるんだよね？　高温でないと燃えないし、埋めてもきっと型は土にかえらないんじゃない？」

「それもそうだよね。寺で供養してもらうって言っても、難しいだろうしね。」

「まあ、そこのことはいいよ。君はなにもしないで去っていいよ、ほんとうに。君は今ひとりでいるんだし。後のことはまた報告する。」

「うん。ごめんなさい、旅先で楽しいのに、気が重くなるようなことを言って。」

私は言った。友達があまりにもきちんと対応してくれたので、動揺して電話した自分が幼く思えたのだった。

「いや、帰ってから知るよりは、こっちの景色のいいところであれこれ対策を考える方が気分いいから、だんぜんいいよ。俺も帰ったらもう一度、ゆっくりそこに滞在してみる。それで、売るかどうかとか、いろいろ考えるよ。安心して。」

彼は言った。

電話を切ったら、少しほっとしていた。人に言えるというのはそうとうなことなのだと思った。

不思議なことに、私の半分はここを出るのが面倒くさいと思っていた。

家までの遠い道のりを運転していく体力がないような感じなのだ。

そして私のもう半分は猛烈にここにいるのをいやがっていた。そしていやがることからも逃避しようとしていた。

渦中にいるとき人は奇妙に高揚になるものなのだが、まさにそれだった。

そして私の本能はきいきいと叫んでいた。きっかけをつくって出ろ、と。それは私の今まで見たことがない自分の中の一面だった。怒りと野性が入り交じったような声だった。でも出るタイミングはきっと大切なのだ、と私の勘は言っていた。なので、それをはかっていたところだった。マミちゃんが来たら、きっとなにかが動くだろう、そう思った。

でも、天井裏の動物のことを思うと、できればこの家ごと燃やしてしまいたかった。人間の勝手なつごうで殺されてさぞかしいやだっただろうと思うのだ。それは殺戮である以上、もう剝製作りの域を超えているし、それがこの家で行われたというだけでいやだった。普段の百倍くらい敏感な嫌悪感がどこから来るのか、私にはまだわからなかったが、あのおばあさんが堕胎の話をしたときと同じような気持ち悪い感じがした。命に関して鈍感な男の人のイメージが浮かんだ。そして私の頭の中に、殺戮のいやな映像がどんどん再生されるのを止めることができなかった。

あそこにあったのは全部で四匹くらいだから、合わせて六匹ぶん……実際燃やすのはちょっとむりそうだし、剝製だから防腐剤をしみこませてあるだろう。裏の倉庫にスコップはあったし、埋めたらどうだろうか……考えただけで気が遠くなる作業だったが、ここでぐずぐず寝たり起きたりして出られずにいるよりはずっとましに思えた。しかも後味が悪い。知ってしまったからには、自分がすっきりしたい、そう思った。

その時にはじめてマミちゃんが「キミコさんが何かを燃やそうとしている」と言っていたことを思い出した。そうか、それは剝製のことだったのか、と私は思った。私のいるところに何かそういういやなものがうずまいているのを感じたから、きっとマミちゃんは警告してくれたのだろう、私はそう思った。

虫もくっているだろうし、ねずみもいるだろうからマスクも手袋も必要だ。私はマミちゃんを迎えに行く時にそれらを買ってこようと思った。

もしもマミちゃんに話して手伝ってもらえるなら、そうしよう。

私は決心した。少しだけ気が軽くなった。

私がここに来た意味もあるというものだ。


冷たいお茶を飲んでソファでうとうとしていたら、また死んだ母が夢に出てきた。

母はなぜかこの崖の上の家の台所で、ごはんを作っていた。

窓の外には海が同じように見えて、かなり遠くて豆粒ほどなのだが、イルカが遊んでいるのが見えた。何連にもなって遊びながら波を越えている。きらきらと背中が光って見える。光はもう夕方なので、なんとなく海がオレンジに染まっている。

「お母さん、もうごはん？」

と夢の中の私はたずねた。

母は言った。

「まだ寝てなさい、あんたはどうしていつでもしたほうがいいことと反対のことをするの？」

小言が多い感じが懐かしいというよりも生々しかった。

「反対って？」

私は言った。

ねぼけまなこをごしごしとこすりながら、遠くのイルカを見つめながら。

「あのね、そういうときには殺生《せっしょう》を見てはいけないの。昔から決まっているの。全くいつも無茶ばかりするんだから。」

母は真顔で言った。

その目の茶色をのぞきこんで、私は思った。

そういうとき？　さっきマミちゃんも言っていた。もしかして私は何かの病気なの？　夢の中の私は、能天気にもそう思っていた。


寝たり起きたりを何回かくりかえしてぐずぐずしていたら、いつのまにかマミちゃんを迎えに行かなくてはならない時間になっていた。

スーパーにはあとで寄ることにして、あわてて支度をした。鏡の中の自分にものすごい隈ができているのに驚いた。こんなに寝ているのに、夢ばかり見て眠りが浅いからだろう。

よくこういうホラー映画を観るなあ、とコーヒーを飲みながら私は思った。コーヒーはいくらおいしくいれても泥水のような味がした。

「今の私は、いつのまにか悪霊に魅入られて、自分のいる境遇に気づかない主人公のようだ」

はっきりとそう思った。自分のことが自分でよくわからなくなっているし、考えようにも頭がはっきりしない。

そうでなくても私の人生のほとんどはそういうものとの戦いに象徴的に似ていると思う。

人間の普通の人生、あるべき生き方からはずれたとたんに、世間の悪い評判なんかよりもずっと早くに、悪霊のようなものが私を見つけたように思う。気が弱くなるときいつでも感じるあの、夢の中の崖のような黒い気配に、人間という生き物はほんとうは昔から気づいていたのだ。あらゆる弱さとおびえにその何かはつけこんでくる。そして自殺に追い込もうとするのだ。

これをあまり言うと、頭がどうにかなったと思われるのだけれど、私は昔取材で魔女の学校に行ったことがある。そこで教えられている普通のことが、私の人生にとってはあまりにもリアルだった。

その何かのものすごい重さを見ないですませたいがために、人は型どおりに暮らしているのではないか、と思うこともあった。それは、かけこみ寺の人たちのあまりにも生々しい現実のレベルからすると絵空事のような悩みに見えるが、私はなんとなく違うと思った。見方が違うだけで、人はそれぞれのレベルでなにかしらの戦いをしているのだ。それは一生続く。そしてそこそこいい戦いをしたからといって、それがなにになるわけでもない、いい死に方ができるというくらいだろう。いい死に方といっても、きっと妹が夢で見た程度のものではあるのだが。それでも人は人であるために、その戦いを続けてゆく。私にはそういうふうに思えた。

ちっぽけなロータリーに車を止めると、まるで三歳くらいの子供みたいに所在ない感じでマミちゃんが立っていた。まるでアネモネのようにか細く、可憐だった。

この命はこの世から一度消えかけたのだな、と思い、私は人が生きていることの不思議を思った。マミちゃんを見ると切なくなるのは、消えかけたことがあることを本人が全身で自覚しているような姿勢をしているからだ、と思った。マミちゃんの静けさは、あきらめている静けさではなくて「知っている」静けさだった。

そして、口コミと紹介だけでやっているあの寺にあれだけの人が随時いて、心のよりどころにしているということは、しかもその人たちが基本的にはちょっと調子を崩しているだけのいい人たちだということは、やはりなにか世の中のひずみがこういう人たちに来ているからなのだろうな、と私は思った。あそこは施設でも病院でもなく、そこに行ってからの、もしくは行く前の仮避難所に過ぎないのに、人びとがやってくるということは、女の人たちがそれほど疲れてしまっているということなのだろう。

父がやもめになってからの暮らしぶりを見てもよくわかるのだが、差別的なものではなくて、純粋に肉体的に、男の人は世話をしたり育んだり、育てたりすることには向いていないのだと思うのだ。きちんとしていて清潔好きで折り目正しい父でさえ、母を失ってからとてつもなくだらしない面を見せはじめた。いろいろなものごとのバランスを見ながら世話をするということが、彼らにはあまりできないし、融通もきかないようなのだ。

なので、現代の女の人たちはどうしてもものごとの世話もしながら、外で働いて何かとぶつかることもおぼえなくてはならなくなり、それをすると肉体や精神に負担がかかる、という感じが実感としてあった。そしてその両方を生きている女の人たちに比べて、社会の中でいろいろなことにぶつかるおもしろさをこなしていくことがうまく発揮できない今の時代の男の人たちは、かっこよくなりようがなくて女の人たちに八つ当たりをしているように思える場面もたくさんあった。

それはおばあさんの時代とはまた違うひずみで、やはりけっこう根が深いものに見えた。はずれものの私にはどうすることもできないが、ながめていて切ない人々をたくさん見た。

「キミコさん！」

マミちゃんは私を見つけて笑った。

駅前のパン屋のおやじが「駐車はだめだめ！」と言いながら出てきたので、私は降りないでマミちゃんを手招きした。地方都市の駅前ロータリーはいつもながら殺伐としていて、行き場のない人や退屈な人たちがどうしようもなくだるい空気を身にまといながら、うろうろしている。

そんな中では輝くようなすっとした存在感のあるマミちゃんは、犬のようにさっと助手席に乗ってきた。

「まだ二日しかたってないのに、もう懐かしいね。」

私が笑顔で言うと、マミちゃんは言った。

「キミコさん、あのね、会ったからやっと言える。キミコさん、お腹に赤ちゃんがいるんだよ。」

私は動揺して赤信号で突っ切りそうになってしまったが、かろうじて車を止めた。そして、聞き返した。

「なんで？　そんなことありえないよ。」

避妊したもの、しっかりと、ばっちりと、と私は心の中で続けた。

マミちゃんは私のお腹のあたりをじっと見ながら言った。

「だって……いるもの。そこに、別の人が。ものすごい、男みたいなさっぱりした女の子。」

「ええ〜……そんな……。」

私はまだ動揺していた。

「判定薬ではまだわからないかもしれない。でも買っておく？」

マミちゃんはまるで人生の先輩のようにさらりと言った。

「うん……買っておこうかな。」

私は言った。

「だから、気をつけてって言ったの？」

「そう。」

マミちゃんは言った。

「もう一回会って、確かめてから言いたかったの。でも絶対に赤ちゃんいる。見えたもの。それで、キミコさん気づいてないみたいだけれど、今、むりすると流産しちゃうから。それでもずいぶんむりをしている感じがして、こわくなってしまって、電話しちゃったの。」

「そうだったの……。」

私は言った。

この気持ち悪さも重さもだるさも、みなそのせいだったのか……と私は妙に納得した。今まで何をどうやっても妊娠しなかった私だというのに、なぜ今回はしてしまったのだろう？ 医者も子供ができにくいと太鼓判を押していた私に。そして五郎とうなずきあいながらコンドームをつけて、あんなにもしっかりと避妊していたのに。

「じゃあさ、もしよかったら、力仕事を手伝ってくれるかな。」

私は言った。

「来てもらったのをいいことに、とてもいやな仕事に巻き込むことになって、申し訳ないけれど、今、マミちゃんしか頼れる人がいないから。」

「いいよ、もちろん。何をするの？」

マミちゃんは淡々と言った。

「あのね……今、いるところに、気持ち悪い剝製がいっぱいあるの。もう処分していいようだから、埋めるの手伝ってくれない？　いやな仕事で悪いけど。」

私は言った。

「ああ、なんかそういうの、ちょっと思った。今いるところ何か黒いもやみたいなのが見えた。いいよ。いっしょに埋めよう。」

マミちゃんはなにを言っても動じない人なので助かった。彼女がまるで深海にいる魚みたいに、いつもゆらゆらと別のところを泳いでいるみたいに見えたわけが、だんだんわかってきた。

「でもさ、勝手に家の庭に剝製を埋めたら犯罪かなあって思って。」

中学生の女子が同級生に相談するみたいな調子で、私は言った。

「いいんじゃない？　それをほうっておく方が犯罪って感じじゃない？」

マミちゃんはけらけら笑った。

「そうだよね。」

それで気が楽になって、私は言った。

「燃やすのも考えたけれど。」

「燃やすと、きっと薬がしみてるから悪いガスが出て赤ちゃんに障るよ。」

マミちゃんはまた、さりげなくそう言った。

そういう発言があるたびに、妊娠しているかもしれない、という現実が戻ってきた。話が早すぎて、ついていけないのは自分だった。そしてこのような大人びた人に対して、ちょっと料理ができるくらいでお姉さんぶっていた自分が恥ずかしかった。

人といると、そして静かにしていると風景がまるでなめらかな映像みたいに目になじんでくる。ひとりになりたかったけれど、あの家はいきすぎていたな、とやっと外に出た私は思った。私は今いるところで起こったらしいことを、順番に、簡単にはしょってマミちゃんに説明した。

「話の全部がホラー映画みたいだね、よくそんなところにいるね、一人で！」

マミちゃんは若いおじょうさんらしく、またもや腹を抱えて笑っていた。そういう様子を見ると、私もほっとした。

スーパーで晩ごはんのオムライス（これは、マミちゃんのリクエストだったので喜んで作ってあげることにした。彼女は入院していたことがあるだけのことはあって、いろいろなものを作ってもほとんど食べないので、なにかを食べたいと言い出すのは珍しいことだったのだ）の材料と、ろうそくと仏花とお線香を買って、マスクや軍手も買って、ふうふう言いながらふたりで運んだ。

マミちゃんに言われてからは、ものすごくお腹のあたりが気になるようになった。スーパーの薬局で、判定薬も一応買った。買うとき自分の中で「今度こそもしかして」という重みを感じた。

これまでそれを買うときはいつでも無駄になるときだった。結局判定で妊娠してないことがわかり、ほっと気が抜けながらも「高かったのになあ、判定薬」と思ってごろりと横たわる……みたいな感じだった。

高校の時、友達の代わりに薬屋に行ってあげたことはある。

まだ判定薬は画期的なもので、どこの薬屋さんにでもあるものではなかった。

「薬屋さんで聞くのが恥ずかしいんだもの。」と友達は言った。

「だって、ただの商品だよ？　本人が使うとも限らないし……。」

私は言って、代わりにレジで聞いてあげたのであるが、処女だった私にとっては、

「なんであんなかっこうで、裸で、他人とすごいことをするのは恥ずかしくなくて、その結果薬屋に行くのは恥ずかしいんだろう？」としか思えなかったことをおぼえている。

今思えば、友達はこんなふうに動揺していたのだろう。

結局友達は妊娠していなくて、屋上で祝いのビールを飲んだなあ……青空の下で食べるポテトチップスはおいしかったなあ、と私は懐かしく思い出した。

友達は涙目で、でもにこにこしてビールを飲んでいて、風が高い空をすうっと渡っていった。私が住んでいた小さな町を爽快に抜けていく風に気持ちを乗せるようにして、ぽりぽりとポテトチップスを食べていると、自分のあごの骨が振動するのがわかった。生きているという感じだった。そういう思い出を作るために、つみかさねるために、人はいろんなことをしているのだろう。

友達が妊娠していようといまいと、私は自分ができることをしただろうし、できないことはできなかっただろう、私はそう思っていた。でも、この思い出は美しい、そう思った。どんな泥の中にも蓮が咲くものなんだ、そう思った。

人といっしょに玄関に立ったら、この家もそんなにいやではないなというふうに私は思った。私は今お腹に子供がいるかもしれなくて防衛本能はマックスに働いているはずだし、ここでは日夜殺戮と殺戮への欲望が展開していたのだから、それを感じ取っても無理はないだろう、そう思った。

いろいろなことは、理由がわかるとなんとなくほっとする。そしてあの夢の中の崖は、子供の命がなくなるかもしれない不安やマイナスの何かを表していたのだろう。そこにはもしかしたら五郎の内縁の妻であるユキコさんの、無意識の奥底からわいてくるようなマイナスの感情も入っているかもしれなかった。どんな人でも生活がおびやかされるのはいやなものだし、変化はこわいものだ。そういうものがこの家というマイナスの増幅器を借りてしみだしてきているような気はしていた。

冷たいお茶を飲んでひと息つく間にも、マミちゃんは特にこの家はいやだとも言わなかった。

「キミコさん、あんな大勢といっしょにいて、そのあとここにひとりで来たなんて、すごいね。私だったらできないよ。」

とだけ言った。

「人生の場面が急に変わるのが好きなの。極端なら極端なほど、嬉しいの。」

私は言った。

「アラスカに行って、翌々日はハワイとか、そういうようなこと？」

マミちゃんは言った。

「そうそう。それで『さっきのは夢だったのかな？』と思うのが好きなの。」

私は笑った。

「納得。」

とマミちゃんは言った。

「私、キミコさんの作るごはん、ほんとうに好きだったなあ、なんかね、大勢向けに作られていなくて、私だけに作ってくれた、そういう気持ちにみんながなってしまうような感じなの。」

「ありがとう。」

私は言った。

「もしかしたら作家よりもそっちのほうが才能あるのかも。でも、大勢に作ったからこそ、腕に筋肉がついたよ。」

ふたりでにこにこして座っていた。

人の出す光、人といてはじめて生まれてくるなにか……それは私をこよなくひきつけもしたが、そのなかにあるこわい側面もよく知っている。

マミちゃんだって、深くつきあえばぞっとするような面があるだろう。ユキコさんも私もそれは同じだ。もしももっとなじんでしまってからの五郎がある日「ユキコが悲しむからもう会えない」と私に告げたなら、多分私の無意識の荒れた海からもなにがしかの念が彼らに飛んでいくだろう。

人間同士とはそれでもいっしょにいずにはおれないものなのだろう。


いやなことからやっちゃおう、と言って、私たちはマスクと軍手をして、天井裏の犬や猫たちを引っ張り出すことにした。ねずみもいるだろうし、虫も食ってると思うから妊婦が触っちゃだめ、とマミちゃんが言って、私は下で受け取るだけの係になった。

懐中電灯で照らしながら、せきこみ、顔をしかめながらマミちゃんは手袋でたいそうたくましく、頼もしい感じで落ち着いて動物たちをひっぱりだした。

それは痛々しい姿だった。皮があちこちはがれて、下の型が出ていたり、あまり上等ではない剝製のうらぶれた感じが、ほこりまみれの毛皮をますます悲しくしていた。

私はちょっとだけ涙ぐんでしまった。

私たちはそれらをとにかくていねいに庭に運んだ。

そしてついでにキジとタヌキもビニールから出した。

もしも近所の人がいたら私たちのしていることを何事かと思うだろうけれど、このあたりは家と家の間が離れているので、堂々と庭に死体を並べることができた。

そう、加工されていても死体は死体、それはスーパーに並んでいる肉ももちろん同じだ。

でもここには生命のサイクルからはずれて行く当てのない死体の、意味のない死の空しさがあふれていた。

マミちゃんと交代で柔らかい土にそうとうに深い穴をふたつほって、動物たちをそっと置き……かなりぎゅうぎゅう詰めになってしまったけれど、そこはかんべんしてもらうことにして、土をかけた。

まだ真昼の陽ざしは暑くて汗だくになったが、気持ち悪いのはかなりおさまっていたし、海からいい風が吹いてくるのでそんなに苦しくなかった。

　私たちはそこにろうそくをたて、お線香をたいて、さらにお花を供えた。小さな苗木も植えた。世話をする人もいないし多分薬の成分で土が荒れて枯れてしまうだろうけれど、気持ちだと思って、そういうふうにした。

　なにかをやりとげたすがすがしさで私とマミちゃんはいっぱいになり、私はマミちゃんに心からお礼を言った。

「きっとこの作業をひとりでやったら、私は疲れとショックで流産していたと思う。でも、きっと私はやらざるをえなかったと思うし、やってしまったと思う。そういう気がするの。マミちゃんは今回私の天使だったよ。」

　私は言った。夢の中のイルカは、現実の世界ではマミちゃんとして、助けてくれたのだった。そしてこのことも、きっといつか私が誰かのために天使だったときのことがめぐりめぐってきている、そんな感じがずうっと、とてもリアルにしていた。そうでなければ、こんなふうに自然にうまく流れてゆくわけがない。

「そして、あのままほうっておいて帰ったら、きっと夢を見たと思う。一生心のどこかにひっかかっていたような気がする。ありがとう。」

「どういたしまして、ふう、腰が痛い。」

マミちゃんは笑った。すがすがしい笑顔だった。

どうせ剝製たちは土に還れないのなら、こんなことしたら中途半端で得られるのは自己満足だけだし、かえってよくないかもと途中少し思ったのだが、マミちゃんの笑顔でそれは帳消しになった。この笑顔を見ただけでも、このことをやってよかったと思った。


私たちは交代でシャワーを浴びた。マミちゃんが先だった。そしてシャワーを浴びるとき、私はマミちゃんに午後駅で会ったときからはじめてひとりになったので、まじまじと自分のお腹を見てみた。まだ出っ張ってもいないし、なにも変化のないお腹だった。でもむかむかしているのはなんとなく続いていたし、視界もなんとなく暗く見えた。何かビタミンとかアミノ酸とかが不足して、体の中のバランスが崩れているときの感じに似ていた。

ほんとうだろうか？　と私はまた考えてしまった。

排卵日でもなかったはずなのに、なんで妊娠なんだろう、相手は五郎以外ではありえなかった。その前に他の人とそういうことがあったのは、インフルエンザの前だったので、絶対に違う。

困ったなあ……経済的にはまだ父もいるし、貯金もそこそこあるし、ぎりぎりでまあ大丈夫としても、どういうふうにしたらいいんだろう。

と、そこまで考えて、まあ深刻になってもしかたないやと思った。別に子供は好きではないけれど、なにか別のものがここで生きていると思うとおもしろいし、ただ嬉しい。

子供が生きようとして、私もその子を生かそうとして、気づく前からいろいろな夢が教えてくれたことも、嬉しかった。その嬉しさはふわっと下から巻き上がってくる甘い匂いの風とか綿とかみたいに私を包んだ。

今はそこまでにしておこう、と思った。

五郎に言うかどうかも、あとで考えよう、と。

シャワーを先に浴びていたマミちゃんがソファでぐうぐういびきをかいて寝ていたので、毛布をかけてあげて、友達には一応電話して「庭仕事を手伝ってもらったので思いの外遅くなってしまったから、ごはんを食べさせて送りますが、皆に会うと淋しいのであえて顔を出しません、そして私はもう東京に帰るので、マミちゃんみたいにみんながここのうちに遊びに来てしまうようになることもないと思います」というようなことを説明しておいた。

ああいうところではみなが短い滞在とはいえバランスを大事にしないといけないので、ひいきだとか、ものごとを乱すような要素を与えない方がいいのだ。友達はすぐわかってくれたので、ほっとして電話を切った。

手伝ってももらったし、頼もしくて実際的だったのだが、マミちゃんといるとどこか家出少女をかくまっているような感じがしていた。お互いのだめなところで寄り添っている、そんな感覚もまた抜けなかったのだった。

そして私はオムライスを作り始めた。

どうせ私は食欲がないし、マミちゃんはあまり食べないので、小ぶりに、きれいに作った。

やがてマミちゃんは目を覚ました。

なのでタイミングを見計らって、まだ温かいチキンライスを焼きたての卵でとじて、オムライスを出した。

ゆでた野菜に手作りのドレッシングをかけたものも出した。

木でできたなんでもない机の上も、華やかになった。

「いただきます、懐かしいな、キミコさんのごはん。」

とマミちゃんは言った。

「まだ数日しかたってないわよ。」

私は笑った。

マミちゃんにしては珍しく、黙ってもくもくとオムライスを食べていた。彼女は全く残さずにたいらげた。

「やっぱり、人が作ったごはんはおいしい。自分のために作ってくれたとなると、ますますおいしい。」

マミちゃんはぼそぼそっと言った。目には涙がにじんでいた。

「うちの家族は、心中するほど仲がよかったから。ごはんを食べるたびにいろいろ思い出しちゃうの、ごめんね。気づいてたよね。それでも、私もまた、人のためにごはんを作ったり作られたりする暮らしに戻っていこうと思うんだ。いろいろあるし、心の中での道のりはすごく暗くて遠いけれど。」

そうだろうな、いろいろあるんだろうなと私は思った。

「だからキミコさんも赤ちゃん連れていつか、私が自分で作った家族がいる家に遊びに来てください。」

マミちゃんは言った。

「そうする。ほんとうにそうしたいと思う。」

私は言った。そして連絡先を交換した。私たちの性格ではマメにやりとりすることはないだろう、とお互いにわかっていた。それでもそうすることでそのときのやりきれない気持ちが慰められた。それは、私たちは出会ってしまったけれど、そしてこのところ毎日家族のようにいっしょだったけれど、これからの人生の時間を共有することは当分なさそうだとわかっている、そういう淋しさだった。


結局スーパーで買ったぼそぼそしたケーキを食べながらお茶を飲んだ。マミちゃんがおいしくなさそうに食べているのを見たら、私は東京のおいしいお店のケーキを食べさせてあげたい、そうでなければ自分が焼いて作ってあげたいという気持ちにしめつけられた。マミちゃんが食べたくなさそうにしていると、切なかった。

私はマミちゃんに質問してみた。

「マミちゃん、私のことで、妊娠以外になにかわかることがあった？」

私は興味本位で質問してみた。

マミちゃんはじっと私の左側あたりを見ていたが、やがて言った。

「剝製は、感じた。なんだかいっぱい、人間以外の小さいものがこの家で死んだことは、黒いもやのように見えて、なんとなく思ったの。それで赤ちゃんがその雰囲気をとてもいやがって、この世はこわいところだと思って、お腹から出て行きそうだったの。」

そしてマミちゃんは私のお腹を見た。

「でもすごくいい女の子なんだよ。だから。」

「そう、すごくいい女の子なの？」

「うん、キミコさんとうまが合いそうな。それで、なんとなくだけれど、キミコさんは結婚はしないだろうなとも思った。」

マミちゃんは言った。

「相手の人の奥さんが、なんとなく気づいて、不安になっているの、きっと。そのもやもやもここに届いてきてるように思う。でもね、きっとそれはすぐ治まるよ。はっきりしてしまえば消えてしまうくらいのものなの。その人とキミコさんが仲良くなることはきっとずっとないと思うけれど、それぞれ別々のことになるっていうか。それでね、私には夢の中で、何も知らないで眠っている間抜けなキミコさんが見えて、心配でならなかったの。だって、崖が見えるところで、消えかけている赤ちゃんを抱えて、死んだ動物たちの苦しみや、趣味で動物を殺す人の想念や、赤ちゃんのパパといる女の人の不安な気持ちに囲まれているのに、白い猫とすうすう寝ているんだもん。」

「全くその通りよ。あなた占い師になったほうがいいわ。」

私は言った。

「ううん、だって、好きな人のことしかわからないもん。知ってる人のことしか。しかもわかるときとわからないときがあるから、プロとしてはむりだよ。」

マミちゃんは言った。

「特に、今はキミコさんと別れて淋しかったから、ちょうどキミコさんの夢を見たんだと思うんだ。人の脳にはそういう計り知れない力がひそんでるらしいよ。私もいっぱい検査したけれど、脳の中の血流が少し違うとか、α波とβ波のバランスが人とちょっと違うとか、そのくらいしかわからないみたい。でも、実際にいろいろなときに、私にはそういうことがわかってしまうんだよ。」

まるで人のことを話すような感じだった。

「だから、間に合ってよかった。なんだか、私はこれで、ちょっとだけ自分が生きていることがいいことに思えてきた。お父さんが死んでから、ほんとうに毎日が大変で重くて、生きているのがいいことだとか人の役にたつとか、全く考えられなかったから。もしもキミコさんの赤ちゃんが生まれてきたら、私もすごく誇らしく思える、そんな気がする。」

「ほんとうにそうだよ。私は、それできっと赤ちゃんも剝製も、ほんとうにマミちゃんのしてくれたことをものすごくありがたく思ってる。」

私は言った。マミちゃんがいなかったらと思うとぞっとした。これを全部ひとりで乗り切って、知らずに無茶して流産したら、立ち直るのにはかなり時間がかかっただろうと思った。

帰りの車でのふたりはなんとなく沈みがちだった。

駅でいいとマミちゃんは言ったのだが、ぎりぎり門のあたりまで送っていくことにした。淋しいから入らないよ、とあらかじめ私は言った。

田んぼや畑の間の道を抜けて、寺に着いたのは夜の九時だった。門のところに人のシルエットが見えたので、誰かなと思ったら、それはミキちゃんだった。

笑って手を振っていた。

私は窓を開けて、

「マミちゃんを送りに来ました。みんなには内緒ね。」

と言った。

「キミコさん、相変わらず運転が下手だね！　よろよろしててあぶなっかしいよ。」

とミキちゃんが笑った。

「住職さんから聞いて、ずっと今待ってたんだ、もう一回会えると思うと嬉しくてさ。またそのうちカレー作りに来てよ。私は週二回でずっとボランティアとして来てるから。」

「うん、ほんとうにまた。」

私は泣きそうだったので、あわてて帰ることにした。

マミちゃんとミキちゃんが門のところでいつまでも手を振っていた。暗い道を遠ざかっていく。どうして私はいつも離れていくのだろう。いつもどうして先へ先へと行ってしまうのだろう。どうして次々に退屈してしまうのだろう。

いや、いいのだ、それが私だ。逃げ続けるのだ。妊娠しようが子供がいようが、進んで、見続けるのだ。

そういうふうに思った。

それでも心のどこかでは、一生あそこにいてごはんを作っていたいな、うそでもそういう思いが止められなかった。今ならまだ戻れる、そう思っていたから、あの別荘でぐずぐずしていたんだな……近くまで行きながらもなかなかたどりつけなかった自分の本当の気持ちが、やっとわかった。

原因がわかりさえすればなんだって、全てきれいな霧みたいにいつのまにか晴れて消えていくのだ。

そして、気づけば生理がもう十日遅れているので、ほんとうかもしれないなとひとりになってあらためて思った。めったなことでは遅れず、二十八日周期でまるで機械のように来るのが私の生理だった。

それにさっき別荘を出るとき、目についたハイヒールをとりあえずつっかけてはこうとしたら、なにかが頭の中で抵抗したのがわかった。

ちらっと光ってぐっと抵抗したのだ。運転するからではない。運転ははだしですればいいのだから。それは多分本能の声だった。私はそれに従い、スーツケースからかかとのないサンダルを出してそれに履き替えたのだった。

マミちゃんがきれいに食べてくれたお皿を洗いながら、しみじみと考えた。

このところ、それに似たことは他にもあった。

はじめの掃除のあと、体が熱く感じたので熱をはかったら七度六分……半身浴でもしようと思って熱い湯に足を入れたとたん、やめたほうがいい！　と思ったので、湯をぬるくした。それはささやきというよりも野生の呼び声、まるで怒鳴り声のような感じでたけだけしく荒かった。

私でもない、赤ちゃんでもない、なにかが私の奥底から私をコントロールしている。これを赤ちゃんの声だと思う人が多いのは無理もない、とも思った。

それに寝ているときはいつでもなんだか暑苦しくて、ふとんに入っていられないから、それで、何回も寝返りを打って、気づくと裸で寝ていた。いつのまにかうっとうしいパジャマを脱いでしまうのだった。それでも毎回お腹だけにはタオルケットがかかっていた。誰がかけたのか？　というともちろん自分だった。

私はまさにその瞬間を自分でとらえていた。半分寝ている状態で、自分がむきだしのお腹にほとんど無意識のままにタオルケットをそうっとかけたのに気づいたのだ。ああ、お腹はやはり冷やしちゃだめなんだ、と寝言を言いながら、私はまた眠った。そういうこともあったのだった。本能はとっくに察知していたのだ。

あの夜、五郎と寝たとき、熱で焼かれてフレッシュによみがえっていた私の全身が、そして死の危機を感じてあせっていた私の生殖能力が、恋愛におされてものすごい勢いで排卵をうながしたのではないだろうか？　なんとなくだが、私はあの日の一発目ではなく、二発目で妊娠したような気がした。なんだかあのとき、変な感じがしたのだ。妙にしっくりと体がその状況になじんでいくような、言葉のない状態があった気がする。それというのも、ユキコさんと剝製について話した五郎が、なんとなく私とわかり合えてほっとして、一回目にあった距離感がぐっと縮まった。それだからであった。


そしてマミちゃんと別れた夜も、また海の夢を見た。

海の夢の中では、いつでもなにかが猛スピードでしゅうっと動いていた。それは、島と島をつなぐ透明なチューブの中にある動く歩道であったり、イルカたちであったり、タイヤでできたブランコに乗って岩場の上に遊んでいる自分自身であったりした。

顔に風があたり、ひやっとするスピードに身をまかせるときの感じを何回も味わった。

今回は、崖から降りる長いくねくねした道を何かに乗って滑り降りている夢だった。すごいスリルだが、とにかく安心できるところまで、海辺まで降りて行かなくちゃ、そういう夢だった。

海はいつでも温かくゆらめいていて、真っ青だった。あの日の水族館の水の色のように。そして光はいつでも世界を祝福しているように美しかった。

そして目が覚めると悪い汗をかいていた。

もしもティッシュで吸い取ったら黒いに違いない、と思うような汗だった。

確かに体の中でものすごい変化が起きているのだ。今ではそのことが手に取るようにわかった。


夜中だというのに、私は風に当たりたくなって外に出た。

波の音がものすごかった。耳の中まで入ってきそうだった。そして海はどこまでも真っ黒で、月がかすかに海面を照らしていた。海は墓場のようでもあったし、いろいろな命を抱えて闇を動いていく乗り物のようにも見えた。

庭のライトを消していたので、門柱の明かりだけが闇にぼうっと光っていた。

さっきマミちゃんとおそなえした花束の香りが鼻にすうっと届いてきた。見ると色とりどりの花が土の色から浮き上がっている。

よかったな、と私は思った。

顔が冷えたら、なんとなく気分がよくなった。なにか猛烈にきつい炭酸の飲み物を飲みたい気分だったが、もちろんそんなものはないし、自動販売機も少し離れていた。昔の人が妊娠するとすっぱいものが食べたくなる、と言っていたのは現代でいうとこういうことにあたるのかもしれないな、と私は思った。

お腹に手をあててみる。これまでいろいろなことがあっても一回も妊娠しなかったのに、どうしてなんだろう？　と思った。

五郎をすごく好きで、子供を産んでもいいと思ったわけではなかった。そんなことがあってもいやではないという程度だった。子供を産んだら必死に、夢中にならざるをえず、めんどうくさがりの私にはそんなこと耐えられそうになかった。

それでもおろそうという気持ちには全くならなかった。

孤独はもう全く感じられず、お腹の中に誰かいることがとても頼もしかった。

私は検査薬の封を切って、トイレに行って尿をかけてみた。もうこの家の中に剥製がないのが嬉しいな、と思いながら。剥製があったら、なんとなくこんな前向きの行為はできなかったような気がした。

しばらく待ってみると、結果はもちろん陽性だった。

私は尿に濡れた棒を持ったままで、しばしトイレに座って考えた。

もしも自分が逆の立場だったら、どうしてほしいだろうか……それで、一応五郎には知らせた方がいいという気持ちになった。明るみに出ていないからこそ、ユキコさんもなんとなくもやもやするのだろうし、こうとなると自然消滅してはいさようなら、としておいて、数年後に子供がいるのがばれるというのもあまり気分がよくない。知るだけは知っておいてもらおう、ということになった。

妙に頭がはっきりと冴えた状態でそう思ったのだった。つわりはひどく、相変わらず船に乗っていて逃げられないような気持ちの悪さだったが、頭はぼんやりとしていなかった。

私は五郎に電話をかけた。

「はい。」と五郎が出てきたとき、その声を聞いたら嬉しくて、やはりこの人のことは嫌いではないな、と思った。彼の後ろからは都会の雑踏の音がしてきた。人の声や、車の音が混じっている。秋のはじめにみなが早々に厚着しはじめる様子や、ビルの上に見える月の姿を思い浮かべた。

「五郎？」

と言った私の声もまるでお母さんのようだった。

「なんで電話に出ないんだよ、今、どこにいるの？」

五郎は言った。

「友達に頼まれて、寺に住んで住み込みのまかないのバイトをやっていたの。それはいいんだけど。」

私は言った。

「五郎、私、妊娠したみたい。」

しばらく沈黙があり、都会の音が私の耳の底でうずまいた。

なんでだか、私には彼に恋されているという自信があったので、卑屈な気持ちはなかった。

というか、よくあまり好かれていない人の子供ができてしまって卑屈になる人がいるが、どうして共同責任で子供ができて、卑屈にならなくちゃいけないのか、さっぱりわからなかった。

そういう場合はまず出だしからして卑屈だったのだろうと思う。相手が自分を好きで好きでしかたない場合でなかったら（もちろんそれは、やりたくてやりたくて仕方ないとは微妙に違うので、女だったらそこを見極めなくてはならない）、どんなに気に入っている人でも寝てはいけないと思う。自分の体が気の毒だ。毎日意味もなく血液を心臓からどんどん送り出して、毒は肝臓や腎臓でなんとか処理し、胃の中のものを消化しては腸を動かしている、体の随所でうまく体が動くようにやってくれているこびとたち……って、そんなものはいないのはわかっているけれど、便宜上そういうものたちがいるとして、その人たちに悪いではないかと思うのだ。

それで五郎の場合は完璧に自信があったので、私は演技ではなくて余裕があった。

「ええと、失礼ですが、あの時期に俺以外の男と寝ましたか？　他に可能性のある男はいますか？」

五郎は言った。私はふきだした。

「残念ながらありません。」

そして、私はそう言った。

五郎はまた黙った。

「避妊したのにね。」

私は言った。

「ホテルのコンドームに穴があいていることはよくあるっていうけど、あれはほんとうなんだね。」

五郎はしみじみと言った。変な奴、と私は思ってまた笑った。

「あのとき、私たちはきっと恋の頂点だったのよ。私、子供ができにくいはずだもの。今まで一度も妊娠したことないもの。」

私は言った。

「なにかがさ、きっとすごくうまく運んでたのよ。」

「きっとあの夜、イルカさんが赤ちゃんを運んできたんだな。イルカはカップルや赤ちゃんが好きだって言うもんな。」

彼は笑った。

なんでこんなときに、こんなことが言えるんだろう？　と思って、私はけっこうおかしかった。つわりの気持ち悪さが吹き飛ぶようだった。

「産みたいんですか?」

五郎は言った。

「産みたいです。でも、経済的にも、結婚とかも、とにかく特になにも望んでないけど。認知のことだけは考えておいて。もしも子供嫌いじゃなかったらだけれどね。」

私は言った。

「考えさせてください。ユキコとも話し合います。」

五郎は言った。そもそもなんでずっと敬語なのかな、かわいらしいな、と私は思った。

「でも、結婚したいと言ってきてもしないわよ。」

私は言った。

「なんで?」

五郎は言った。

「興味ないもん。」

私は言った。

「そうかあ。」

五郎は言った。少しがっかりした様子だった。

そして、とにかくまた連絡する、気をつけてと言って、彼は電話を切った。

嬉しいだとか、産んでほしいだとか、そんなことを言ってほしかったわけではなかった。でも、そういう言葉がひとつもなかったのに、なぜか彼に言ったらほっとしたのは確かだった。

きっと生物学上の「ほっ」なのだろうと思った。

そして都会の夜、道ばたに立って電話を耳に当て、いっしょうけんめいさっきの会話をしていた五郎を思い浮かべたら、私の気持ちは和らいでいった。悪くない、と思った。なにもかもが、悪くないと思ったのだ。


剝製を埋めて自分なりに供養したら、気のせいではなく、家の中の何かが変わった。

とげとげして、ちくちくして、まるでアクリルのセーターを素肌に着ているようだったあの空気が、少しだけまろやかになったのだ。

私はそういうのにとても敏感なので、間違いないと思う。

ここは私の巣になり、子供と私はくつろいでもいい、初めて体からそういうサインが出たので、私はびっくりした。

マミちゃんの背中の筋肉が、土を埋めるときに動いていたのを思い出すと、守られたようでどきどきする。そしてきっとマミちゃんは私のオムライスにそういう感じがしたのだろう。そんなふうに協力して、私はここにちょっとしたスペースを作って、過去につもった恐ろしい空気を少しゆるめたのだと思う。

ここの持ち主が締め切りでぴりぴりしていないときにここに入っていたなら、彼も敏感なのできっとわかっただろうと思う。作家とはそういうものだ。炭坑のカナリアみたいに、空気を人よりもほんの少し先に感じるのだ。

悪意とか殺戮とか暴力は、なくなるものではない。自分の中にも多分にその要素があるので、なくしたいという気もしない。ただそれが育む、世話をするという行為の対極にあるということだけはわかる。

育むとはマミちゃんの背中の筋肉や、私のオムライスや、おばあさんの水子供養や、シロが私といた一生の時間だとか、そういうもののことをいうのだろうと思う。

この家の中でなにかを少し育めば、廃墟の気配は少し消える。いろいろな場所でそうやって人類は、ものごとをむしばんでゆく力と戦って壮大なタペストリーを作ってきたのだろうと思う。

ただし私はそんな大きな話にはさほどの興味はなく、今自分のささやかな居場所ができて、今夜はよく眠れそうだということにほっとしていた。居場所を作るのも楽ではない。きっとお腹の中の命もそう思っているだろう。

夢も見ずにぐっすりと眠ったら、目覚めたのはお昼過ぎだった。

十二時間も眠っていたことになるので驚いた。つわりのせいで目覚めは決してさわやかではなかったし、目が覚めると「また揺れる船に乗ってるのか」という感じの終わりのない気持ち悪さでがっくりきた。それでも肉体の疲れは取れていたし、寺から離れた淋しさからも無事に脱出しつつあった。

淋しさはウイルスのようにまず全身にしみこんでいって、体から抜けていくのに時間がかかる。毎回もうだめだと思うけれど、毎回けろりと立ちなおる。私が私であるということは、なんとすごいことだろうと思う。治癒と時間の関係については、いくら考えても奇跡だと思わざるをえない。それ以上の善なる力はこの世にないとさえ思う。

過去の中にだれかが引き留められているとしたら、それはその人が現在を読みまちがえてしているだけなのだ。

幸い私は肉体的に調子が悪いにもかかわらず、この家にささやかな愛着を持ち始め、夢で見たきれいな海やシロや母やマミちゃんの面影が私を温めているので、今は今の良さをたっぷりと、シャワーのように浴びていた。

私は海を眺めながら庭でゆっくりと甘い紅茶を飲み、そう、うんと甘くしてミルクを入れたら、さすがにこの鈍った味覚にも味がわかるのだ。そして潮の匂いが髪の毛にしみついていくのを楽しんでいた。

そして庭の墓にお線香をあげて、野の花をそっとささげ、車の中の掃除をした。いよいよ明日あたりには帰ろうと思った。

今日はガソリンを入れついでにスーパーで生春巻きの皮を買ってきて、新鮮なエビ入りの生春巻きを作ろう。赤くて辛くて甘いソースをつけて、ビールはまずく感じるからペリエかなにかを買ってきて、最後の夜をゆっくり過ごそう、そう思った。

この数ヶ月でそんなに静かな気持ちになったことはなかったかもしれなかった。しかもまだ豆粒ほどの人間だが、いっしょにここにいて、海の音を聞いている。そういうことも私を安らがせた。思い出もいつでも私の中にあり、私を甘く取り囲んでいる。私がいるだけで、世界は動き、宇宙は生きている。久しぶりにそんなふうに思えた。

落ち着いたら少し楽しくなってきて、ぐずぐずと支度をしながらもう一泊してしまった。そして、翌日の夜、明日こそは出発しようと思って途中でもしかしたら泊まるかもしれない観光地のガイドブックなどをぱらぱらとめくっていたら、窓に車のライトが映った。

ここは道のどん詰まりだし、車はもう門の中に入ってきている。ちょっとこわかったので、かくれながら窓からそっとのぞいた。

スペインから友達が心配して急に帰ってきたのかな？　と思って見ていると、それは五郎の車だった。中途半端に古いミニクーパーだったのですぐにわかった。

「どうして？」

私は言った。そして、物陰から出て行った。門の前で車は止まり、五郎が出てきた。

みっともないジャージ姿とすっぴんの自分にとまどったが、出て行くしかない。どうしてここにいるのだろう、ここがわかったのだろう、と私は考えた。まあ、私の消息なんて数人に連絡を取ればすぐに知れる、ということにはすぐ気づいた。

それで、おかしなことに私は彼に会えることがとても嬉しかったのだ。子供ができたかもしれないと思ったときに、無条件で本能的に嬉しかったのとはまた違う嬉しさだった。好きなシルエットの人がいるな、みたいな感じだった。

泊めてあげなくてはなるまい。もしも子供がいたら子供に障るといけないから、なにがなんでもセックスは拒まなくちゃ、いちばん遠くの部屋に泊めて、私は鍵のかかるところで寝なくちゃ、まったくほんとうに、どうしていろいろ大変なのだろう、女だということは……とまだ彼としゃべってもいないのにかんぐって私は思った。そんなふうに思えてもおかしくはないくらいの目にはこれまでに遭ってきたと言えよう。

「どうして？」

私はもう一回言った。五郎は車から、ちょっと疲れた感じで降りてきた。追い返される可能性だってあるのだから、無理もない。

そして会ってみると、ずっと会っていたような奇妙な安心感があった。やっぱり気が合っているのだろうな、と私は思った。

あの寺で見聞きしたことが決定的な要素ではあったが、私はもうほんとうに男の人というものにうんざりしてしまっていて、男は当分いいかな、などという気持ちになっていた。受け身というのがもうとにかく面倒くさかったのだ。

「とにかくこの卵型の頭に触りたくて。」

五郎は私の頭に触りながら変なことを言った。

「夢に見るくらい、この頭の形。」

私は笑った。普通ここでは「産むのか？」っていう場面じゃないか？

「頭フェチなの？」

私は言った。

「入って、お茶でも飲む？　ちょうどよかったの。私帰りたかったんだけれど、気持ち悪くてきっかけがつかめなくて。でもさ、どうでもいいけど、なんて役にたたない人なの？　車で来たら、私も車だから、二台になっちゃって意味ないじゃない。」

「こういうときは、『来てくれたの？』っていうほうが大事じゃない？」

五郎は笑った。

「大事じゃない。」

私も笑った。

「いざとなったら置いていってもいいと思ってたから。ほんと、それでもいいよ。それに、追い返されるかもという気もしてて。」

五郎はさぐるような目で言った。

「なんで追い返すの？」

私は言った。

「子供はいっても、もう俺はいらないかな、と思ったり。」

五郎は目をそらした。

「法律上はいらないけれど、でも、もしもこれからまた新しい世界をいっしょに見ることができたらいいだろうな、とは思うよ。ただ、私はあなたとユキコさんのじゃまをしたくないの。そんなに長く続いているのには、ちゃんと理由があると思うから。赤ちゃんはたまたま来ただけで、あなたと私をつなぐためのものではないのよ。」

私は言った。

「いや、つなぐためのものではあるけれど、しばるものでは、きっとないのよ。子供のときはどうしてもいっしょにいることが多くなるかもしれないけれど、子供っていうのは、あなたとユキコさんがいっしょにいた年月くらいで、もう大人になって離れていくのだから。そのあいだ、仲良くできたらいいな、と思うだけなの。先のことはどうなるかわからないから。」

「いつになくまじめだなあ。やっぱりもうお母さんなのかなあ。」

五郎は言った。

「ほんとうはこんなことしゃべるのもいやなのよ。」

私は言った。

「あなたが嫌いなわけでもなくって。私、このふたりの設定が複雑なのをまだ受け入れてないのかも。」

私の本能がこの先どう働くか、かいもく見当がつかなかった。

こうとなると、子供をいやがる全ての人の可能性を除外したくなるに違いない。それが母親というものだろうと思う。その気持ちは私が五郎に甘えたい気持ちよりもきっと強いに違いない。もしもめだして事態がぐだぐだと長引きそうになったら、きっと私はすっと去るだろう。うちの父親の問題もある。きっとこの成り行きの全てに反対するだろう。

五郎は関係ないことを質問した。

「今、車運転できるのか？」

「できるできる。休み休み行けば。でもひとりだとちょっとおっくうだったんだ。」

私は答えた。

「二台で帰れないようだったら、一台は停めてまた取りに来てもほんとうにいいよ。」

「大丈夫、とにかく、きっかけだけが重要だったの。」

私は笑った。

会わないことでたまっていた心の澱《おり》みたいなものが、どっと押し流されて思わず笑顔になってしまう。好きあっている男女の特徴だった。

あんなに好きだったコーヒーがもはや気持ち悪くて飲めなかったので、私はほうじ茶を飲んだ。

その姿を見て五郎は驚き、「キミコさんが大好きなコーヒーを飲まないなんて、それはほんとうに妊娠だ。」と言った。

なんと緑茶も飲めなかった。強すぎて吐き気がしてしまうのだ。体はよくできているな、と思った。なんでもかんでも強いものは拒んでいるようだった。

五郎にはコーヒーをいれてあげた。香りだけはいやじゃなかった。

ふたりでいると、海の底のように落ち着く。透明な水がゆらめくように感情は静かになる。犯されないか心配だったことがおかしかった。自分では子供がいることが実感できなくても、いくらつきあいはじめてやりたい盛りでも、五郎は妊婦に手を出すような人じゃない、私の脳がそういうサインを出していた。

私はここの家と剝製の話をした。

「もしかして、無意識にユキコさんがなにかを感じて、そしてめぐりめぐって私はこの剝製の家に来たのかもしれない、と思うの。でも、ユキコさんが真の意味で私に悪意を抱いているというわけではなく、なんとなく不安を感じていたのかも。」

私は言った。

「そんなふうに世の中はつながっているのかも。」

五郎はうなずいた。

「あれから話してみたんだ。ユキコに。もしも他の女の人が……それはこれまでにもいつもいたんだけれど。今つきあっている人が妊娠していたら、どうするかって。」

「それはまた性急な。」

私は言った。

「いや、もしかしたらそれは俺が望んでいたことかもしれないから。」

五郎は言った。

「ユキコは普通に『あ、ほんとうに？　じゃあ少し離れようか？　どうしたらいい？　もちろん嬉しくはないけど……う〜ん、変わり目なのかもしれないし。少し考えさせて』と言って、家に帰っていったんだ。さすがにショックを受けたようだったけれどね。」

「あなたは、ユキコさんと老後を生きていく気持ちがあるの？」

私はたずねてみた。五郎は、言いにくそうに言い出した。

「じつは、キミコさんとどうなっていくかわからなかったので、言っていなかったことがあって……それに、それは彼女のプライベートなことでもあったので、言う必要がなかったから言わなかったんだけれど、ユキコには、もうひとりボーイフレンドがいる。彼女よりも年上で、奥さんを亡くしていて、もちろんそいつはもうじいさんで、金も俺よりずっとあって、すごくユキコにいてほしがる。介護まではまだ行かないけどね。それで、最近俺よりもそっちのウェイトが高くなってきているな、というのは感じていた。」

五郎は言った。

「このまま離れていくのかな、という時期のできごとだったんだ。全部が。もしかして俺は少しすねていたのかもしれない。でも、お互いにそうしたかったというのはわかっていた。俺たちは、長くいっしょにいすぎてしまって、じょじょにほんものの親戚に戻りつつあったように思う。それでいろいろやってみても、やっぱり『ふたりだけでやっていこう、やっぱりお互いでないとだめなんだ』と盛り上がることはもうなかった。俺は思うけど、逆にそういうときでないと、うまいぐあいに君と子供ができたりはしないんじゃないかなあ。」

「そうなのかなあ。今、みんななにかを少し無理してない？」

私は言った。

「俺はユキコと絶縁したりはしない。もしも彼女が歳を取っていく上でつらいことがあれば、助けはするだろう。それだけでもう充分、無理はしてないんじゃないだろうか。無理っていうのは、今、どっちかをバッサリ切ることだと思う。」

五郎は言った。

「ちょっときれいごとっぽくないかしら。いずれにしても時間が必要なことかもしれないから。もう少しいろいろ、それぞれが考えましょう。」

私は言った。お腹に手を当てながら。

「ユキコは、『できればこのいいかげんな生活を続けたいけど』って言うんだよ。それでつい俺は『でも君、手術してまもないし』って言ってしまった。ああ、彼女はおととし卵巣嚢腫の手術をしたんだけど、もう子供はどっちにしても産めないんだ。」

「そうなの……。」

「そしたら真顔で『私に卵巣もなく子供も産めずババーだから路頭に迷うって言いたいわけ？ばかにしないでね。私はあなたとこの生活が気に入っていたからここにいるのよ。出て行きたければ、いつでも出て行くし、お金も、行くところもなくはないよ』って言うんだよ。そのじいさんにはもう嫁にいった娘さんがいて、ユキコはそこでも好かれてるんだよね。そういうつながりの家族みたいなものがないわけじゃないからこそ、俺ともうまく続けられたんだろうと思うけどね。

そして『その人や赤ちゃんと暮らしたければ、それはそれでもいいよ。長くいっしょにいたから、淋しいけれど、ほんとうにそれでもいいよ。私はここに息抜きしに来れなくなるとつまんないけどね』って笑って言うんだけれど、それが、うそっぽくないんだよ。きっと本心から言っているんだ。

俺は、自分のうぬぼれやあさましさや浅さが恥ずかしくて、もう、ほんとうにいやになってしまったよ。もしかしてユキコがいないと困るのは俺のほうかもしれないし、まだそれはわからないんだよ。」

「ああ……そうだね。やっぱり時間がかかる問題だね。」

私は言った。

そうだ、まず個人があって、どうしたいかがあって、それと周囲のおりあいがあって、それぞれで作っていくべきことなのに、どうして私たちは形を早くつけようと、急ぎたがるのだろう。

「私は、別に五郎と暮らすことを望んでいないです。人の世話もできないし。子供がもし産まれたら、それで精一杯だし。もちろん会いに来てはほしいけれど。」

私は言った。

「ユキコは『五郎の子供なんて、なんとなく孫のようで抱いてみたい気さえする。相手の人がいやだろうけど……なんか、もうひとりのボーイフレンドの娘さんや、甥っ子たちのような感覚だわ』と言っていたけれど、これも、本当だと思う。女の人たちには、ほんとうのところ、男なんてさほど必要ないのかもしれないな、と思った。それで少し気が楽になった。そう言ってくれてるだけかもしれないけれど。なんといっても底が割れてないから。」

五郎は笑った。

「認知だけでもしてもらえれば、入籍はしないほうがいいです。いずれにしてもするつもりはないから。」

私は言った。

「でも、そうしたら、いつパパが遊びに来ても、子供は嬉しいし。」

「うん、それは当然だと思う。俺も会いたいし、キミコさんにも子供にも。」

五郎は言った。


この剝製の家に導かれたのは、もちろんユキコさんの「呪い」ではなかった。そういうふうに私は思う。そういう感じがするとしか言えないが、その人は、ほんとうに裏表がない人だ、そういう感じがするのだ。ただ、たしかにユキコさんの奥深いところに巣くっていた小さい不安が無意識のうちに私のほうに届いてきたのだ。

それが、ちょうど悲しい女の人たちを見続けて淋しかった私の心に妙に深く食い込んで、剝製のある現実の中に連れて行かれてしまった、それもそうなのだろう。そういうことはこの人生ではよくあることだった。いろいろなことを自覚して見ている分、象徴はすぐに現実に姿を変えるのだ。

ではあのイルカや母やシロはなにを表していたのだろう？　と思うたびに、私はやはりなんとなく温かくなる。それはなにか良きもの、私の中にあるこれまで受けてきたすばらしいものの象徴なのだろうと思う。そして、あのスピードこそが、赤ん坊の生きようとする力、逃げていく力を表していたのではないだろうか。私にはないもの、私を追いぬき、先の世界を生きていくもの。

不思議な世界の中に迷い込んだ夢を見ていたみたいに、そこでは全てが象徴としてあらわれる、真実の世界に入ったみたいに。

私は荷物をまとめ、五郎が車に運び込んでくれた。

そして、のんびりと運転して帰った。いつでも前に五郎の車があったので、疲れはしなかった。車の中で音楽を聴きながら前の車に見える五郎の頭を見ていたら、なんとなく全てが夢のように思えた。

「俺、女の人を妊娠させたの実は初めて。なんか変な気持ち。こわいものかと思ってたけど、実際なってみると、すごく得したような気持ち。」

彼はファミリーレストランでまずそうで大きなステーキを食べながら言った。

「それはきっと相手によるのよ、私だから嬉しいんだよ、って言いたいところね。」

私は冷凍であろうポタージュを飲みながら、にこにこした。

なにもかもがやはり、想像していたよりもずっと悪くない感じだったのだ。

疲れたので、途中で一泊した。

何もない町の、中途半端な大きさのシティホテルだった。部屋は白い四角という感じで、小さいベッドがふたつ並んでいた。もちろん五郎は手を出してこなかった。私の湯上がり姿を見て、お腹をじろじろ見て、全然実感がわかない、でも欲情もしない、と言いながらビールを飲んでいた。私もよ、と私は言った。なんか弟といるみたいなの、私に弟はいないけど。

五郎は笑った。

夜はとても静かで、今度はなかなか眠れなかった。五郎の長いまつげを見ていた。なんだか彼も自分の子供のように思えた。なにかしら縁があって、こうしているのだろう、と落ち着いた気持ちだった。

知らない町のホテルで、たまに通る車のヘッドライトが天井に映る感じはいつでも私を淋しくさせるのに、今日はそうではなかった。当てもない男女だけでなく家族でいるからなのかな、と早くも私は思った。虫の音と、五郎のいびきの音だけが響いていた。

その奇妙な長旅を終えて、自分の部屋に入ったら、季節もすっかり変わっていたし、なにもかもがなんだか違って見えた。もちろんつわりで気持ち悪いということもあったけれど、もうこれまでの人生とは何かが違っているような気がした。それは私をとても憂鬱にしたが、同時にこれまでにない安心感もあった。もうどこにも逃げなくていいというような気分だった。まるで怪盗ルパンのように逃げ続けてきた私の人生が、また別の層を見せ始めていた。

いくら気分が悪くても、水やペリエしか飲めなくても、やはり自分の部屋のベッドは心地よかった。ほこりっぽくなったシーツを換えて、私はこんこんと眠った。もう夢さえも見なかった。でも、目覚めるときに波音とイルカのたわむれる声が聞こえてきた。まだイルカの感じが近くにあるんだな、と私は嬉しく思った。

はっきりと目がさめたら、もう夜だった。

またペリエを一本くらい飲み、お腹が空いていたのでカシューナッツを食べ、思い立って実家に電話をした。妊娠のことやその事情を父に話したら、父は黙って電話を切った。

そして三時間後に妹が飛んできた。

私はその成り行きにびっくりした。

妹はよほどあわてて来たのか、便所のサンダルみたいな突っかけをはいてきたので、私はくすくすと笑った。

「お姉ちゃん、前からお姉ちゃんは少しおかしいけど、今回はもっとおかしいと思うよ。」

妹は言った。

私は答えた。

「だって、おろすわけにもいかないじゃない。」

「また……そんな鷹揚な。」

「なんとかなるわよ。」

私は言った。

これまでぎりぎりなことは何回もあった、でも命を取られることはなかった。今回もきっとそうだろう。

「なんだかお姉ちゃんを見たら、ばかばかしくなっちゃった。きっと暗い部屋でしくしく泣いてると思って来たのに。」

妹は言った。

「なんで泣くの。」

私は言った。

「お父さんに反対されて。」

妹は言った。

「お父さんは、孫を見せちゃったらもう文句言わないわよ。」

私は笑った。

正直言って、少しだけ悲しくはあった。いつになったら許してくれるのだろう、と気にならなくはなかった。でも、私には今、ひとりの子供がくっついていて、そのことでとても強くなっているのだと思った。お腹が目立つ頃には、きっと父の気持ちも少しは柔らかくなっているだろうし、妹がうまく間に入ってくれるだろう。

妹はため息をついた。

私がかけている小さい音のジャズのCDのかすかな響きが、妹の沈黙と共に戻ってきた。遠くを行く車の音がかすかに聞こえてきた。

「ごはん食べてく？」

私は言った。

「いいの？」

妹は子供の顔になって言った。

「パッタイだよ。」

私は言った。

「大好き、でも、お姉ちゃんそんなきついもの食べて平気？」

妹は言った。

「辛くしないから大丈夫。なんだか今、パッタイみたいなものしか食べたくないの。しかもほんのちょっとでいいの。どうしてかしらね。」

私は言って、台所に立った。妹は、彼女が来たことで私がこんなにほっとして嬉しいなんて絶対に思っていないだろうな、お姉ちゃんはいつでも落ち着いていると思っているんだろうな、と私は思った。

センレックをお湯で戻して、カシューナッツを刻んで、香菜を刻んで、エビのペーストを冷蔵庫から出して、ナンプラーを捜して……そうこうしているうちにスパイスの匂いが部屋にたちこめはじめる。異様に匂いに敏感になっている私には、材料のひとつひとつの匂いがすみずみまでわかった。それは不快なものではなく、今の私には唯一大丈夫な、安心できる匂いだった。他のものは鈍すぎて味を感じないし、このところ和食と家庭向けの洋食ばかり、みんなに通じる味ばかり大量に作っていて、かなりうんざりしていたからだろう。赤ちゃんに障らないように辛みを抜いたエスニック料理は気が抜けたようだったが、それでもスパイスの香りをちゃんと感じるので、他の、味がしない食べ物よりはずっとましだった。

「姉ちゃんの子はきっとタイ人の子！」

と大盛りの一皿をぺろりとたいらげて、妹はあくたいをついた。

私はだるかったので床にごろりと寝転がって、妹のあくたいににこにこしていた。

しばらくして妹は言った。

「ねえ、お姉ちゃん。」

「あたしにも抱っこさせてくれる？　赤ちゃん。」

「もちろんよ！」

私は言った。

「もしもあんたがまだ無職だったら、もしかしてシッターさんのバイトをしてもらうかもしれないよ。」

そうしたら、もうすき焼きの作り方だとかに、ますます文句は言えないわ、と私は思った。そうやって許さなくちゃいけないことが増えていくのは、幸せなことだった。潔癖でかたくるしかった自分の人生がぐちゃぐちゃに壊れてどろどろに混じっていく、今度はその泥の中からはどんな蓮が咲くんだろう？　そう思った。

「いいよ！　そんなバイトだったら、喜んでやっちゃう。近所に越してこようか？」

妹は言った。

「なんかちょっと楽しいじゃない！　はじめ聞いたときは暗澹とした気持ちになったけど、落ち着いているお姉ちゃんといたら、今は嬉しくなってきたよ。」

「でしょう？」

私は言った。

「ねえ、お姉ちゃん。」

妹は言った。

「相手の人は、この前言っていたひとつかふたつ年下の人？　奥さんみたいな人がいる人？」

「そうだよ。」

私は言った。

「その人、奥さんと別れてお姉ちゃんと結婚して子育てはしてくれないの？」

妹は言った。

「そういう約束事の中に、メンバーの誰もが生きていないのよ。」

私は言った。

「それって、新しい時代の形なの？」

妹は言った。

「いや、いつの時代にもこういう人たちはいたっていう話だろうね。でも、いい人だよ、私は、あの人の子供であることがいやじゃない。相手の女の人も、いやじゃない。好きにはなれないかもしれないけれど。」

私は言った。

「今は、自分と子供のことだけ。無事に産むことだけ。」

まだ病院にも行っていないのに、はっきりとそう言った自分に驚いた。私はいつのまにかもうお母さんなのだ。あの日、マミちゃんに言われた瞬間から、きっと。

「まあ、昔からお姉ちゃんはそういう奴だったよ。」

妹は言った。そして続けた。

「きっと、その相手もマザコンなんだろうね。そんな年上の人をずっと抱えちゃってさ。」

案外鋭いので私はどきっとした。

よく母に「ほんとうのほんとうに心配なのは、しっかりして見えるお姉ちゃんのほう、下の子は意外にしっかりしてるし臆病だから大きくはずれない」と言われたけれど、ほんとうだと思った。妹は続けた。

「男の人ってさ、どうしてマザコンなの？　赤ちゃんがもし男だったら、その子もマザコンになるの？　お姉ちゃんみたいなだらしないお母さんでも？」

「失礼ね。あんたどうせ最近そういうことで痛い目にあったんでしょう。」

私は言った。妹は答えないので、図星のようだった。私は言った。

「でも、私もそのことについては昔考えさせられたことがある。恋人同士みたいにお母さんと仲がいい男とつきあったことがあるの。」

「うわあ、気持ち悪いね!」

妹は言った。

「ほんとうにお母さんと肉体関係があったわけじゃなくてね。母子家庭でとにかく仲がよかったの。だって、離れて暮らすなんて考えられないって感じだったもの。ごはんも作らなくていいし、楽だったけどね。」

私は言った。結局お母さんには勝てないというのがいくらわかっていても、その人たちの度をこした仲良しさがばかばかしくなり、私は去ったのだった。

「へえ……。」

妹は言った。

「それでさ、考えたの。きっとさ、子供を産むのが女親だっていうかぎりは、避けられないことなんだよ。」

私は言った。こんなふうに妹と話すのも久しぶりだった。高校生のとき以来ではないだろうか。

「じゃあ、どうして私たちはマザコンじゃないの？　そりゃあ、お母さんが好きだけれどさ、今でも。今でもバイトをクビになるたびに、ああ、お母さんに怒られる、と思ってしまうもの。もう死んでるのにね。」

妹はくすっと笑った。

そう、もう死んでいるのに、私もたまに気になることがある。今回も思った。お父さんはどうせ私のことをかわいいと思っているから、認めてもらう自信はあった。でも、なんのごまかしもきかない母親がこの子供をどう思うかはわからなかった。心配するだけだろうか、それとも喜んでくれるのだろうか。

「それはさ、女にとっては母親は同性だからだよ、もちろん。」

私は言った。

自分の意味なく長い髪が床に広がって、まるで棺桶に横たわった女王のようだった。私はお腹に手をおいてさすっていた。今ではその動作にもいつでも祈りがこもっている。産まれるときまで無事でそこにいてね、という祈りだった。ここに命をひとつあずかっている。

そしてあのほとんど見知らぬ家の庭では、腐ることもできない動物たちの剝製が静かに眠っている。世の中にはなんでもありうるのだな、と私は思った。死の中の死にひたる動物たちと、生命の芽生えが起こっている私のお腹が、ひとつ屋根の下にあったのだ。

「男はさ、異性だもん。母親が。」

私は言った。

「子供の時……人生でいちばん重要な時代に、きっと一日にいろいろなことがあるじゃない。外で遊んで新しい友達ができるとか、死ぬかと思うような冒険とか、いやなこととか、かわいい女の子にぽうっとなるとか、どこかのお姉さんに優しくされたとかさ……それで、そのことを言っても言わなくても、夜はお母さんのいる家で眠るじゃない？　そんな体験をずっとしてしまったらさ、そりゃあ、長いつきあいの女とは自動的に別れられなくなるよね。だって、すりこまれているんだもん。帰ったら、その人がいて、一日の話をためこんだ自分といっしょに寝てくれるっていうのがさ。ましてお母さんが子供に、自分をずっと好きでいるように日夜無意識のうちに魔法をかけ続けているんだもん。仕方ないよ。」

そして私はため息をついた。

五郎とユキコさんに、別れてもらうなんてことは夢物語だ……それは、あるきれいな雪の日に、都会の公園を通りかかって、そのきらきら光るような一面の銀色の世界に誰の足跡もつけないでほしい、自分だけがそこにいたい、というのとさほど変わらない。あるいは真夏のすばらしい海辺に他の観光客もパラソルも一切なかったらどんなにすてきだろうと思うことにそっくりだ。

もういるものを、いないことにすることだけは、絶対にできないのだ。絶対に、絶対にだ。多分私と五郎が結婚してふたりきりでカナダに移住したって、五郎に催眠術をかけて過去を忘れさせたって、できないだろう。もしかしてできるかもしれないと思うことで、様々な矛盾が生じるのだ。

「お姉ちゃん、今、不幸？」

妹が聞いた。

「そんなことはないよ。全然。幸福でもないし、不幸でもない。」

私は答えた。ずっとそうだった。別に幸福でも不幸でもなく、すばらしかった。いつだってそうだったのだ。

「そういうものなのかな。」

妹は言った。

「私、ばかだからわかんないや。」

「私だって、こういう考え方になるまでに、何十年もかかったよ。」

私は言った。

「なんのために？」

妹は言った。

人生の悪霊と戦うために、とも言えず、己の可能性を見たい、も少し違うなと思い、私は首をひねった。

「なんでもいいから、新しいものをどんどん見たかったのかなあ。でもいつでも新しい考えは自分の中からやってくるから、経験を増やしたいわけじゃないみたいよ。」

私は一応言っておいた。妹はふーんと言った。

「つわりが終わったらイルカの夢見なくなるのかな。今は毎日のようにイルカの出てくる海の夢ばかり見ていて、なんかかわいいんだよね。イルカ。別れがたいなあ。」

私は言った。

「いいじゃん、そしたらほんとうのイルカ見に行けば。」

妹は言った。

そうか……見たければものすごく近所の品川でもイルカを見ることができるんだ……あの、イルカの夜から、私はいつのまにかなんて遠くまできてしまったのだろう。と私は思った。そしてこんなに遠くに来ているのに、イルカのイメージはずっとついてきていた。五郎の言うとおりに、ほんとうにイルカは赤ちゃんが好きで、あの日赤ちゃんを作りそうな私たちをけらけら笑って見ていたのかもしれない、そう思った。

「お金に余裕があれば、今度は違う人の子供が産みたいな。それで、それに関わった全ての人がいつか和解して、ピクニックに行くの。」

それは決して夢物語ではなかった。充分ありうることだ。

少なくともそこに五郎とユキコさんは来るだろう、と私は想像した。

「救いようのないばか、どうしてそんなこと思いつくの。ほんとに甘いなあ。現実を見なよ。教育問題とか、金銭とか、法律とかさ。」

妹はため息をつき、もちろん一理ある、と私は思った。

しかし、と私は思う。

いっぺんにそうなろうとしたら、それは無理だろう。でも、時間をかけて少しずつそうなっていくと、ある日、びっくりするような、ありえないような光景が目の前に広がっている、そういうことを数え切れないほど私は経験していた。

それは私ががんばってそこに持っていったわけでもなければ、予想していたわけでもない。ただ、流れを読みながら、悪霊をなだめながら、命の炎を消えないように上手にケアしながら、いつでも体を十二分に動かしながら……ただただ自分のことだけをしながら瞬間を歩んでいると、いきなり見たこともないそんな景色が目の前に開けることがあるのである。

今はまだ無理だけれど、その頃にはみんな老けて性欲も多少は落ち着いていて、みんな過去のすてきな夢みたいになっているかもしれない。

もしかしたらそこには私の新しいボーイフレンドがいるかもしれないし、五郎との二人目の子供もいるかもしれない。五郎が失踪してるかもしれないし、ユキコさんはもうばかばかしくなってまた新しい他の人といるかもしれないし、そこにいる人数はさっぱりわからない。たとえばマミちゃんとマミちゃんの子供がいたら、もっといいと思う。何が起きうるかはほんとうにわからなかった。

ただひとつわかっていることは、みなうそをつかない人たちだから、会うときは表向きではなくて心から会いたくて会っているということだ。

みんな笑顔で、草の上でにこにこして、食べたり飲んだり黙ったり、少し傷ついた思いを抱えたり、でもそれが決して不快ではないだろう。人生は夢なのだから、気になることはない。人はそもそもみんな自分たちの得た現実だけを抱えて、それぞれ集っているのだ。それはそれぞれに質が違う夢のようなものを抱えているのと全く同じだ。

きっと妹もいかれた服装で子供たちと遊んでいるだろう。もしかしたらその頃には妹の子もそこにはいるかもしれない。

それは拡大家族なんかではなく、時間の流れの中でちょっとずつずれて出会った、縁のある人同士だというだけだ。そしてそれをつないでいるのは私ではなく、未来そのものである、子供なのだろうと思う。子供が発している光が大人をひきつけ、和ませ、いやおうなく許しあわせてしまうのだと思う。寺で何回もそう思った。子供とはそういうものなのだ。

逃げ続けてきた私が、もう逃げられない、そういうことではない気がした。

もう、どこへもいかないのに、どこまでも遠く。そういうことだろう。


なにもしないでいるのもつまらないので、私は早々に産院に行った。

基本的に産院には妊婦しかいないけれど、中にはとんでもない悲しさを持って来ている人もいる。でもそれぞれが黙って同じ場所で座っている。ふつうの病院よりもずっとはっきりと明暗がわかれている。そう思うと、比べることの意味のなさがよくわかった。その人はその人の状況以外は何も持ち運べないのだった。

超音波で検査すると、もう立派に子供の心臓が脈打っているのがわかった。

私は自分のお腹の中をじっくりと見た。まだそんなにお腹が出てきてないので、なんとなく不思議だった。歩いているときの意識もすでに違ってきていた。ひとりで歩いているというよりは、いつでもゆで卵（生卵よりももう少し安心っていう感じだったのだ）を大事に持って歩いている感じだった。

そしてあれこれ他のことが考えられないように、脳が勝手に調整されている。全く人間はよくできていると思った。

このことだけに集中し、そのためだけに生きろと指令が天から下っている感じだった。

五郎は病院につきあおうか、と何回も言ったけれど、私は彼なしでは子供を産めないくらいに甘えてしまいそうだったので、断っていた。彼がいらなくなったわけではなく、むしろその逆だった。彼をこちらに引っ張ってしまいそうな自分がこわかったのだった。二十代からずっといっしょにいるとなるとユキコさんが彼の考え方の先生みたいなもので、普通の男の人よりはかなり柔軟だった。しかしユキコさんのあまりにも自由な考えが彼に深く根付いているのもこわかった。私は私の生き方を模索しているのに、こちらまで変に影響を受けてしまいそうだったからだ。

下手にからむと「自由」という名の宗教に入ったのと同じことになってしまう。

それを思うと、自分の頭がはっきりとしてくるまでは距離を置きたかったのだった。

五郎は全然くじけずに、時間ができると何回でもメールや電話で様子を聞いてきた。

三ヶ月の終わりくらいのとき、真夜中にちょっとお腹が痛くてトイレに行ったら出血していたことがあった。病院に電話したら、それ以上に出血がひどくならなかったら、朝まで待ってから来てください、と言われた。そして「この段階での流産は、誰のせいでもないから、もしもだめでも自分を責めないようにしてください。」と電話に出た夜勤の助産婦さんは言った。

私は暗澹とした気持ちでベッドに入っていた。

出血はじょじょに止まってきたが、お腹がしくしく痛い感じは変わらなかった。もしもだめだったら、と思うと、淋しくて仕方なかった。なぜ今そんなことになっているのか、と悲しく思った。何か赤ちゃんにとっていやなことでもあったのだろうか、とつい思ってしまった。毎日いっしょにいた人と別れるときにやはり似ていた。そんなことはあってはならない、とさえ思えた。でもそれを体験している人はごまんといる。戦争や虐殺や犯罪とよく似た仕組みで、あってはならないことが個人の世界に触れるとき、祈りが生まれるのがよくわかる。決して人は人をなぐさめることはできないはずなのに、人しか人を救えない。そんなことを考えていた。

温かくして、お腹に手を当てて、運を天にまかせる気持ちで私は寝ていた。

するとタイミングよく五郎から電話がかかってきた。

私は「今出血していて、もしかして流産かも。」と言った。

こんなことで涙声になるなんて、私じゃないみたいだ、と思った。昔旅先でレイプされかけたときも、男にふられて函館に置き去りにされたときも、別に泣かなかったというのに。自分がこんなに弱く小さく感じられたことはなかった。

「今から行っていいかな。いやじゃなければ。」

五郎は言った。

そのとき、来てほしいと思った、そこで私は自分の五郎に対する判断を初めてほんとうに知った。彼が子供の父親であってもいいと、ほんとうに認めているという気持ちだった。

「うん、明日朝病院まで運んでくれると、もっと嬉しい。」

私は言った。

カギが開けてあったので、温かい部屋の中に冷たい空気をまとった五郎がノックと共に突然入ってきたとき、私はうとうとしているところから心地よく目覚めた。出血はひどくはなっていなかった。お腹に手を当てたままで、私は顔を上げた。

「寝てていいよ。近所の駐車場に車も停めてきたから、明日はとりあえず朝一番で病院に行こう。どっちだったとしても、それで別れるつもりはないから。」

五郎は言った。

「なに、しょってるのよ。」

私は笑ったけれど、この態度はこれまでに女の人が精神的に追い込まれた場面を経験していないとできないものだな、と思ってほっとした。

こんなときでも五郎の匂いや、肩幅や、口元が生理的にいやなものではないのだから、私は彼を相当気に入っているのだろうとやはり他人事のように思った。

彼は適当にふとんを出して、

「あ、今日のこのふとん、キミコの妹の匂いがする、若い女の匂いだ、得した。」

とくんくん匂いをかぎながらふとんに入った。

私はちょっと笑って、安心して眠った。

なんで他に女の人がいる人といるのに、安心できるのだろう、と思いながら。

パパが来たのがよかったのか、赤ん坊はお腹に踏みとどまっていたようだった。

朝、そうっとそうっと運転してもらって病院に行ったというのに、病院では大胆に穴に指をつっこまれ、ぎょっとした。先生は「なんともないですよ、出血はかなり手前のほうみたいですね、心音もしているし、超音波でも問題はないですね。」と言ってくれた。そのとき涙が出たのが、またしても不思議だった。私が何かに乗っ取られている、そう思った。これを赤ん坊の生命に乗っ取られていると考える人が多くても無理はないと思った。でも違う。生物としての自分に乗っ取られているのだった。

待合室で妊婦に囲まれて待ってくれていた五郎は、それを告げたらほんとうに嬉しそうな顔をした。彼の中にも確実に何かが育っている。二人は何かを育て始めてしまっている、そういう感じがした。

彼はそのまま会社に行くというので、気が抜けてすっかり眠くなった私は家まで送ってもらうことにした。途中でお腹が減っていることに気づき、パン屋に寄ってもらった。そこは私がいつも寄ってはサンドイッチやペストリーを買っていたおいしいパン屋で、五郎は、

「買ってきてやるよ。」

と言って車を降りかけていたけれど、私は、

「きっと今日はもう外出しないから。少し外の空気を吸っておかないと。」

と言って、車を降りた。

まだ午前中なので空気が澄んでいた。ガラス張りの店内に入ったら、いらっしゃいませ、と声をかけられた。私はいつものようにトレーを持って、店の中をうろうろしてパンを選んだ。様々なパンがきれいな焼き色で整然と並んでいた。奥からはまだまだパンを焼いているいい匂いがしていた。五郎にも買ってあげよう、と私は思った。包みをふたつに分けてもらっていると、お店の人に、

「お久しぶりですね。もしかして、ご結婚なさったんですか？」

と言われた。

いつもだったら、余計なお世話だと思ってしまうような私だが、その朝は赤ちゃんがまだお腹にいてくれたことに感謝していたので、嬉しく思えた。

「そうなんですよ。」

と私は笑顔を返した。

ふと振り返ると、五郎のミニが店の前に停まっているのが見えた。五郎は車から出てドアのところに立っていた。その姿を見たとき、この人はうまくすればずっと縁がある人なんだな、

と私は思い、今、いっしょにここにいることを嬉しく思った。きれいに磨かれたガラス越しに、コートを着た彼の姿と白い息が見えて、とてもいい光景だった。店の中はいい匂いがいっぱいでさらにちょうどいい温度で温かく、お腹の中で赤ちゃんはすくすく育っている。私の手にはおいしいパンがいっぱいやってくる。

これが人類の幸福のひとつだと、思わずにはいられなかった。

風や光が体の中を通っていくような瞬間だった。

明日はどうなるかわからない。誰がどう変わるかわからない。私もあの寺にいた人たちみたいに自分を立て直さなくてはならなくなるかもしれない。命も、誰のものがいつまでここにあるかわからない。今手で触れる人も、もう会えないかもしれない。

でも今は、全てがここに調和している。私はここにいる。

それは一瞬のことで、また次の瞬間には別のことが起きる。ぎゅっとつかんで持っていることはできない。朝の光がどんなにすてきでも、いつまでも朝でいてくれるわけではない。だからこそ、私は思い出を集めているのだ。もう持ちきれなくて忘れてしまって私の細胞のひとつひとつをそれらが形作るくらいまでにたくさん。

そう思った。

車に戻ってドアを開けふたりとも座り、運転し始める前にパンをあげたら五郎は「ありがとう」と言った。私はにっこりして、袋から甘いパンをひとつ出して、ちぎってつまみぐいをした。五郎は「ちょっとちょうだい」と言って、私はパンをちょっとちぎって五郎に手渡した。五郎は「うまいね！」と言って、エンジンをかけた。

奇跡を見ているあの気分はもう消えかけていたが、残像が甘く残っていた。

「出産前にちょっと遊びに寄らない？　今は別荘のほうによくいるんだよ。」

とあの別荘の持ち主である男友達から電話がかかってきたのは、妊娠八ヶ月の頃だった。安定していたので、私は妹の運転で出かけていくことにした。

寺の様子も見たかったのだ。

五郎が心配していたので、妹が来るから大丈夫だよ、と言って、私は朝早くにあの町へ向かった。思い出の町、海辺の町だった。

妹の運転があまりにもおそろしかったので、私は妊婦であるのをいいことに後の座席に座っていた。

しかも腰が痛くて、もう数分と同じ姿勢ではいられなかった。赤ちゃんも羊水もどんどん重くなっていた。自分の体が変形していくのはとてもおもしろかった。産後いきなり太っておばさんになる人が多いのは、これを経験するからだろうと思った。こんな変な形がありなら、もうなんでも許される。それから、妊婦マニアの男の人って、もしかしたらだけれど、下にきょうだいがいる人に限られるんじゃないかな、と思ったりした。お母さんの体が変わっていく恐怖が深いところで性と結びついたのではないだろうか。

体は重くて肉体的にはきつくても、緑が多くなってくると目が喜ぶのがわかる。景色がしだいに田舎っぽくなってくると、目の奥の緊張がゆるむのだ。

五郎と泊まったホテルのあたりを通過して、私は懐かしく思った。こんなに五郎との関係が安定するとは思わなかった。それがもし今だけのことであっても、妊娠中にこんなに安定した時期を過ごしたことは、子供にとって一生何かいいふうに役立つだろう。

妹は地図を読めないので、後ろから道を口出ししながらなんとかして海の見えるあの家にたどりついた。

中にいつでも人が住んでいるからだろう、驚くほど印象が明るくなっていた。

私は車を降りて、でかいお腹をさすりながら思った。

「この前ここに来たときはここは廃墟のようだったし、お腹の中の君もまだうんと小さかったのに、今は全てがまた変化している。建物は華やぎ、命は保たれている。よくここまで来たものだ。人間は大きな意味では何もできないし、何も変えられないけれど、小さい意味ではこんなふうに世界をつくりかえることができるんだ！」

妹が降りてきたので、私たちはドアチャイムを鳴らして玄関で待った。

そのあいだに私は庭のあの部分を見ていた。枯れただろうおそなえの花はすっかり片づけられていたが、苗木はまだ生きていた。見たところいやな感じもしなくて、私はほっとした。人が生活しているというだけで、家も庭も流れを取り戻したみたいに見えた。廃墟には廃墟に展開する独特の生命の世界があるんだろうけれど、人間はやっぱりそれが苦手みたいだ。

「はーい、お待ちしてました！」

と出てきたのは、かわいくて若い日本人の女の人だった。

そして友達が恥ずかしそうに出てきて、

「最近は、彼女とここで暮らしてるんだ。今度は東京のマンションが空き家になってるよ。」

と言った。

「あっちの東京の部屋に剥製さえなければ大丈夫よ。」

と私は笑って言った。

「いや、ここはね、キミコさんが片づけてきれいにしてくれたおかげで、なんだか居心地がよくなってしょっちゅう来るようになってさ。彼女も連れてきているうちにふたりでここに住もうか、っていうことになったんだよね。この家を変えてくれて、ほんとうにありがとう。あのときお腹にもう赤ちゃんいたんだろう？　悪かったね、無理させて。」

彼は言った。

家の中はすっかり家庭らしく整い、私がひとりで泊まっていたときとは全然違っていた。何かが根本的に変わったのだ、と私は思った。この家のどちらかというと陰惨な歴史の中で、私が泊まっていた数日間はほんとうに奇妙な期間だったのだな、と思った。

妹はあんないやな雰囲気だったここを知らず、友達のガールフレンドに案内されて二階に行き、海が見えるとうらやましがっていた。

私は少し体を休めてお茶を飲み、この家の新しい姿を見とどけることができてほんとうによかったと思った。あの暗い印象は私の中に一生残るけれど、新しい印象も残る。塗りかえられるわけでもなく、ふたつ同時に。それがとてもいいことだと思った。

友達のガールフレンドが作ってくれたチキンカレーを食べて、近所の話をしたり、海を眺めて音楽を聴いたりしてから、私と妹はその家にいとまを告げた。

なにか、ひとつのことを見届けたような感じがあった。もう、この家に来ることは多分ないだろう。と私は思った。そしてなぜかほんの少しだけ、暗く荒れていた時のこの家を懐かしく思った。

そしてあの寺へ行ってみた。

もちろんマミちゃんもおばあさんもいなかったが、友達夫妻や近所の懐かしい人や、ミキちゃんはいた。

「信じられない、キミコさんのお腹が大きい！」

とミキちゃんは私の大きく固いお腹を触って言った。

聞いてみたら、おばあさんはあれからすぐに夫のところに戻り、安定して暮らしているということだった。マミちゃんは、今度はお母さんがちょっと不安定になったので、お母さんの望みにつきあって四国にお遍路さんに行っているということだった。

寺は全く変わらない姿で、私はほっとした。敷地の中の植物も、よく手入れされた畑の様子も、磨かれた廊下も、よく人が泊まっている部屋のちょっと雑然としたあたたかい感じも、台所の様子も、そのままだった。冷蔵庫が新しくなっているのもリアルだった。

「私がいたとき、もう壊れかけていてあまり冷えなかったもんね。」

と私は言った。

「玄関からここまで、私と住職さんで運んだんだよ。」

とミキちゃんは言った。

その様子は目に浮かび、ここが変わらないということを支えにしている人びとを思った。私はここには留まれなかったが、ここがこの世にあるということを思うことはよくある。人が人を助けるってそういうことだけかも、と思った。

そして私は、ここにいた間、自分がマミちゃんをとてもとても好きだったことを改めて知った。マミちゃんの面影がそこここに感じられて、胸がしめつけられた。

そうか、ほんとうは私はすごくマミちゃんに会いたくて、面影を捜してあの家やここに来たかったのか、と思った。決して振り返らない私が直後でもないのに思い出の場所に来ることはとても珍しい。その理由は、自分がマミちゃんに会いたいことを気づかずにいたからなんだ、と思った。またひとつ自分の気持ちがわかって、原因が見えて、気持ちが表に出てきた。

私もマミちゃんもやっぱり人にくっつかないタイプだったから、読み通りに、お互いが出会っている期間を終えてからメールを交換したり、電話したり、わざわざ会ったりしなかった。

でも私たちはお互いにお互いがとても好きだったのだ。

あの一夜は、なんだかわからないがものすごくひきつけあい、好きあっているふたりがただふたりだけで過ごすことができた、一生になかなかない宝のようなひとときだったのだ、そう感じて、私は切なかった。

そして今度こそ、マミちゃんを忘れていけそうだと思った。

やりとりはするかもしれないし会うこともあるかもしれないが、それは神のみが知ることで、きっと私たちはお互いの場所で、お互いをたまに思いながら離れて生きていくのだろう。私はマミちゃんに恋をしていたのかもしれないし、マミちゃんは私に家族を求めていたのかもしれない。

それを認めることができてよかった、と思った。

もう少ししたらあまり外出もできなくなるだろう、と思って、私は海の匂いを思い切りかいだ。妹は心配そうにいつも私のそばにつかず離れずいてくれた。妹にいっしょに来てもらえてよかった、と私は素直に思った。ひとりだと、マミちゃんにもっと優しい言葉をかけてあげればよかった、と後悔してしまいそうだったからだ。

妹は私の中ではどこかでいつでも幼く明るい子供のままのイメージがあって、彼女が「お姉ちゃん、帰りに何食べてく？」とか言っているだけで、なんとなく明るい気持ちになる。本人はそんなこと思いもしないだろうが、彼女がいるだけで私は幸せな側、明るい側、生命の側にいる錯覚をすることができるのだった。

結局、予定日を一週間過ぎたところで子供は産まれた。

なかなか産まれないので、五郎も毎日顔を出すのに疲れて、もう何があってもいいから出かけちゃおうか、と言って、破水したときのためにタオルまで持って、品川の水族館に出かけた。

思い出の場所だね、と言いながらぶらぶらとイルカを見た。

水の中の生き物たちはゆうゆうと過ごしていて、都会とは思えないような時間が流れていた。心の中でイルカたちにお礼も言った。ちょうど神社にお礼参りをするような感覚だった。

全てが青っぽい内装の中で、重いお腹を抱えながら、心がうつろになっていくのを感じた。もはや体が全く言うことをきかないので、ふっと気づくといつでもぼうっとしているのだった。これこそが妊婦の世界だろう。生理で貧血のときと少し似ている。別の世界が自分のわきにぱっくりと口を開けていて、いつでもそこをのぞきこめてしまう、そういう感じだった。別の世界は暗くて、風がごうごう吹いていて、恐ろしい数の無意識の闇とつながっている宇宙空間のような世界だった。

それがなんとなく心をうつろにさせるのだった。

ふたりでつばめグリルに行って、あの日と同じハンブルグステーキを食べた。懐かしいね、と言いながら食べた。

「こんなに私にかかりっきりで、ユキコさんは大丈夫？」

私は、私にしては珍しくそういうことを聞いた。こういう質問は思いやりに見えて実は「私のほうに多く来ても大丈夫よね？」という意味である。ほんとうにプライバシーを尊重するということは、聞かないことなのだ。

でも、あまりにも毎日五郎が来て、泊まっていくので、私は初めてそう聞いた。

「ん？　ユキコは、最近会ってないよ。最後に会ったのが先月くらいかな。でも電話やメールはしてるし、部屋にも多少本とか服とかあるけど。」

五郎は言った。

「子供が産まれそうなときくらい、毎日来たっていいだろ。」

「私はいいけど。」

私は言った。

五郎と妹はしょっちゅう顔を合わせるので、変な意味ではなく妙に仲良くなり、タッグを組むような感じでこの出産にあたってくれていた。それが私には嬉しかった。そして私は彼らの性格が似ているのを感じていた。私とは違うところがさっぱりしていてクールで、したいことは絶対に黙ってやるのだが、想像もつかないジャンルで不思議に暗くて粘着質なのである。

だからふたりとも私と気が合うのかもしれないな、というふうに思っていた。子供がある程度育ったら、私を含めてこのプロジェクトチームは解散するのだろう。でも今はいっしょにいて、確かに何かを共有している。やはり人生は旅だなあ、と私は思った。

「イルカも見たし、ハンバーグも食べたし、思い残すことはないわ。」

と私は言った。

最近満腹まで食べると、もう腸の働くスペースが体の中にないのですぐに下痢したりする。体は体の範囲のことしかできないんだな、と思えておもしろかった。でもその夜は最後の外食かもしれないので、時間をかけてみんな食べた。

そしてゆっくりと散歩して、家に帰ったら夜中に陣痛が始まったのだった。はじめは下痢くらいの痛さで、だんだんしゃれにならないくらい激しく。

五郎の車で大騒ぎしながら病院に向かったのは、朝の八時くらいだった。

終わりのないトンネル、見えない頂上への登山、そういうものにとてもよく似た痛さだった。

そして私は時間と人生の関係をその痛さの中で悟った。

ほんの少しでも先のことを考えると、痛さに耐えられなくなるし、エネルギーが奪われるのである。まるで「百円払う」というくらいの量なのだが、エネルギーがちゃりん、と減って、やはり疲れるのだ。痛くない時間は痛くないことに安らぎ、痛い時間には痛くない時間を待たないこと、今のことだけしか考えないように集中する。それが全てだった。インフルエンザのときも似たことを感じたのだが、今回はもっとせっぱつまっていたので、ますますそうわかった。

先のことを考えても無駄だ、というのはまるでひとつの考え方や哲学のようだが、実はもっと具体的なことなのだと思い知った。先のことを考えると実際に損だ、と言いかえてもいいくらいだと思った。

助産婦さんに共通することはどんなときもうわついていないことだなあ、と私はいきんでいるあいだずっと、痛い状態ながらも思っていた。常に生き死にの近くにいる人たちは、みんなそういう感じがする。

陣痛がほんとうに痛かったのは破水までの部分だった。

最後にいきんでいるあいだには自分の「最後の一押し」ができない性格をまた思い知った。筋トレも水泳も勉強も、あと一息のつらいところをくぐれば身になるよ、と言われてきたけれど、身になったあとのことに興味がなかったので、目の前の楽をいつでも取ってきた。

今回はそうは行かない。他人の（といっても自分の子供だけれど）命がかかっているのだ。このお腹の中身が何をしたって出るわけがない、そう思えた。機械でチェックするたびに赤ちゃんの心音はどぎついくらいに強くうっていたので、時間がかかってもそういう意味での不安はなかった。この音がしているかぎりは生きている、おそろしい痛みの中でそう思った。

破水したらいきなり腹の中身が減ったので、急に体が軽くなった。そしてお腹の中の子供が突然外に出たいと言い出した。比喩ではない。その「出たい」という勢いが叫んでいるかのようにはっきりと伝わってきたのだった。よし、ここまできた。あとはお祭りのようなもので、勝負は短い時間で決まる。いくら自分が大騒ぎしていても絶対に大丈夫だと思っていた。

こういうふうに言うと出産の優等生みたいだが、わめく騒ぐ泣く足はつるで、痛み止めの薬も「これ以上はだめです」と言われるまでぺこぺこして頼んだし、全然かっこよくなかった。なんとかしてそこまでこぎつけたのだった。

真剣味がないわけではなくいつものこととして、助産婦さんは普通に会話をしながら楽しげに淡々とお産にのぞんでいて、私はそれに参加したいなあと思いながらも痛くてしゃべれずにいた。

頭が出てからは、あっという間だった。ずるずるっと何かが体から出て行った。股がさけたはずなのに、痛みは全然なかった。

ぬるっとした赤ん坊がぽんとお腹に置かれたとき、こんなかわいい顔だったのかと驚いた。相手は泣いているのに、こっちは会えて嬉しくて仕方なかった。さっきまでお腹の中にいて十ヶ月もいっしょにいたのに、顔を見ることだけはかなわなかったのだから。

赤ん坊は女の子だった。

そしてすぐに洗われ、計られ、包まれて人間の子になったので、私はびっくりしたままそれをぽかんと見ていた。

私は部屋に戻ってひととおりのことを教えてもらい、やっとひとりになり、おっかなびっくりその生き物に触ってみた。西日と蛍光灯に照らされて、いつのまにか彼女は寝ていた。その寝顔がかわいくてかわいくてしかたがなかった。

この気持ちはどこから来るのだろう？　と私は思った。

まるで恋をしているようにいつまでもその顔を見ていたいのだった。


しばらくしたら五郎が顔中真白い光に包まれているような、ぴかぴかした感情をむき出しにして部屋にやってきた。こんなに嬉しそうなこの人をこれまで見たことがなかった。初めてのデートの時よりずっと嬉しそうだった。彼は、まだ血なまぐさい私を「お疲れさま」と抱きしめて、

「病院にはないしょでな。」

と言いながら、肉まんを差し出した。

肉まんは赤ちゃんのようにほかほかで、私はけもののようにかぶりついた。肉汁がしみだしてきて、口元が汚れた。こんなにおいしいものを食べたことがあるだろうかと思うくらいにおいしかった。労働のあとのごちそうという感じだった。

私が肉まんにとりつかれたようになっているあいだ、五郎はこれまたとりつかれたようにふとんに寝ている小さい赤ちゃんを見つめていた。

「かわいいな、どうしよう、かわいいな。」

五郎は言っていた。目には涙がにじんでいた。

もちろんこれから困難なこともいろいろあるだろう。でもこの喜びの顔と肉まんのおいしさで元は取れた、そう思った。今は深く考えずけものに戻って、乳をやり、おしめを換え、眠れるときにはぐったりとただ眠ろうと思った。


つい一週間前まで、子供は体の中に入っていて、私は五郎と春先の街なみをただただ歩いていたというのに、もう何もかもがあまりに違ってしまっている、と私は不思議に思った。

妊娠七ヶ月から九ヶ月までは、人生の中で最大に穏やかな時期だったと思う。

もしも老後に同じような日々が来たら、ばんばんざいだ、と私は思っていた。

妊娠中、五郎は近づきすぎないように慎重に、しかししょっちゅう私の部屋に顔を出した。

男女がプラトニックで……まあ、たまにお互いに口で愛し合ったりしたけれど、それは置いておいても、プラトニックにいっしょにいることの美しさを、私は初めて味わった。それはなにか懐かしい感じだった。はじめはどきどきがないので退屈だ、と思ったりしたが、妊娠というのは言わばインフルエンザにかかったようなもので、そのことがなによりも、有無を言わさずに優先される。あれこれ考えているひまはない。余裕もない。毎日を生きるだけだ。朝起きて、一日のことをなんとかこなして、へとへとになって夜眠る。眠るときは「今日も一日なんとか無事でよかった」と思う。だから余計なことが消える。

そのとぎすまされた気持ちの中で、男女がいっしょにいるということ、それはとても安らかなものだったのだ。ああ、これか。これのためにみなはいろいろなものをあきらめることができるのか。これのほうがいいからだ。私はまたひとつ新しいことを知った。

そう、むんむんと匂いながら若葉が芽吹いている並木道を、私と五郎はよく散歩した。会ってもごはんを食べる以外特になにもないし、私は体重があまり増えなかったけれどそれでも安産のためには散歩しろと医者に言われたので、せっせと歩いたのだった。

夕方、金色の光がやがて紺に変わっていく時間、都会のビルの窓も金に染まる。

春のぼんやりと甘い色の空を見ながら、来年の今頃はもう子供がいるのか、と私は不思議に思った。今はまだこの中にいて、いろいろな臓器をわかちあっているのに、もう別々の生き物になる。なんと不思議なことをあたりまえのこととして、生物は生きているのだろう。

よくそういうふうに思ったので、金色の夕方の光、若葉の匂い、そしてお腹の中の子供の姿は私の中でひとつの風景となって思い出に刻まれた。

子供はお腹の中でぐるぐる動いたり、ぽこぽことけったりした。長い間動かないようだったらすぐ来なさい、と言われていたので、私は必要以上にいつでもお腹の中の動きに注意していた。生きているから動いている、それはよくわかるのだが、人間なのにこんなせまいところで肺呼吸もしないで生きている、それはとても信じがたいことだった。

そして私は風が顔に当たるたびに、金の光が目にしみるたびに、ほんの一ヶ月間暮らしたあの町の海の匂いと、いっしょにいた女の人たちを思った。ピクニックのとき、みなが光に当たって静かにしていた時間にさらさらと足にあたっていた草の感触も思い出した。

それから、私の妊娠を救ってくれたマミちゃんのことをくりかえし思った。

マミちゃんがもう帰ってきたのか、今どういう気持ちでいるのか、全然わからなかった。ただひとつ言えることは、この同じ空の下で私がマミちゃんを想うとき、そしてマミちゃんが私を想うとき、いつでも幸せであれと祈っている。それだけは、触ることができるくらいにはっきりとわかった。

それで充分だった。

時間は戻らない。命に関わることを味わうたびに、私たちは深くそう思う。手に持てるのは今の瞬間だけだ。会いたくてもあんなに毎日いっしょにいたマミちゃんは目の前にいないし、もうすぐ子供が外に出てしまったら、お腹の中には戻せない。

そして、レースのカーテンから月の光が入ってきて、私の出っ張ったお腹を優しく照らす光景を見ることはもう多分一生ないのだろう、そう思った。

私は別に一生妊娠しなくてもよかったのだが、妊娠までに至る道には数え切れないほどの偶然とか必然的な流れというようなものがあった。淋しいことも気持ちの悪いことも、全部役に立って、ぴたりとパズルのようにはまった。

だれが考えたお膳立てなのだろう？　と時々思った。

なにもかもが子供がやってくるというほうへ、矢印の先を示していた。

このことがあってから、私はよく言われる「子供はさずかりものだ」というお話をほんの少しだけ、信じるようになった。

今から振り返ってみると、全てが赤ちゃんという答えを出すためのクイズのようなものだったのに、渦中にいるときは気がつかなかった。

なにもかもが一般的とは言えない私の人生だったが、それでもなにかしら流れのようなものがあると感じざるをえなかった。

それは運命というわけではなく、多分私の奥底が望んで呼び寄せたのだろう。まだこの世にやってきていないある魂との出会いを。長くいっしょにいることになる人間との縁を。そこに五郎は不可欠だった。種馬としてではなく、私に欠けているものを持っている、やはりあるひとつの魂として。


父が病院にやってきたとき、私はまるで処女を失った若い娘さんのように、がにまたでよろよろと歩いていた。洗濯機を回していたので、洗濯物を乾燥機に入れに行っていたのだった。赤ちゃんは妹が抱いていた。妹はすっかり赤ちゃんを気に入り、来るたびにいっしょにごろごろと横になってはほほずりしていた。

「私たちにはこういうフレッシュな生き物が必要だったのね！」と妹は何回も言った。妹はいつでもびっくりするほど的を射たことを言う。五郎も私もそう思っていたのにうまくそれを表せなかった。でも妹がそう言ったとき、胸の中にすとんとなにかがおさまったような気がした。

子供の名前はアカネにした。

五郎といっしょに徹夜でかわいい名前を考えたのだった。彼が病院に泊まり込むわけにはいかなかったので、いろいろ思いついては姓名判断の本を見て、携帯電話で話し合ってはまた切った。それで朝の四時に「もういいよ、何でも。アカネちゃんでいいじゃん！　空も赤いし。」と五郎が言った。空が茜色に染まって、通り行く車のガラスをオレンジに染めていた。

その時も、朝の空気を吸いたくて窓をちょっとあけたらアカネちゃんは泣き出した。それでおしめを換えて、乳をあげた。そのくりかえしでぼろぼろだし、体はあちこち痛いし、出血は止まらないし、全身がとにかくめちゃくちゃなのにアカネちゃんを見るとにこにこ笑ってしまう。親になるとはすごいことだ、と私は思った。

そして目覚めるたびによく知らない部屋の天井と、真新しい赤ちゃんが目に入ってびっくりした。ドアはいつも少し開いていて、向こうにナースステーションの明かりが見えた。廊下を歩く音もする。まるで長屋に住んでいるような気楽さだった。ここは安心な巣だ、と私は思っていた。廊下の明かりは、まだ弱く小さい状態の私たちを守ってくれているような明かりだった。

そう、父は私に黙って急にやってきたので、まず妹がアカネちゃんを抱っこしているところを見てしまったらしい。

私が洗濯物を乾燥機にセットして戻ってくると、アカネちゃんに釘付けになっている父がいた。父はきっと私や妹のことはそんな目で見なかったに違いない、という優しい目でアカネちゃんを見ていた。それだけでも、父がいる意味があるというくらいだった。

結局父にはずっと絶縁されていて、最後のほうに電話でやっと少し話せただけだった。妊娠中の姿を見てもらうこともなかったので、私はまだなんとなく出ている腹が今さらながらちょっと恥ずかしかった。

「お疲れさま。」

と父は言い、

「はい。」

と私は言った。そしてここに五郎がいなくてよかった、と思った。もちろん妹が五郎のいない時間を見計らって父を呼んだのはわかっていたが、それにしてもそう思った。

私は父に、子供のおしめを換えているところや乳をあげているところを見せるなんてえらく恥ずかしい、と前は思っていたのだが、いざ現場をむかえてしまうと、全てはなりゆきでどんどんこい、という気持ちになっていた。これは何かに似てるな……と思ってわかった。セックスだ。自分のおやじとセックスするという話ではなく、どんなにものすごく、恥ずかしく思えることも、その場になるとなんでもなくなってしまうということの感じが似ているのだった。

そして私は、出産と死もそれと同じだと今では確信していた。

死ぬということは、ぴんぴんと生きているあいだに考えるととても異様なことに思えるしこわいけれど、近づいてくると案外、体ごとその次元に入ってしまうのだと思う。そのときの自分にまかせれば間違いないと思えた。

私の中で、何かがまたひとつクリアになった気がした。

「ちょっと抱かせて。」

父は言い、嬉しそうに大事そうにアカネちゃんを抱いていた。私は、今アカネちゃんがかいでいる父のえりのあたりの匂いや父の胸の骨の固さを、彼女といっしょに思い出した感じがした。

「そうかそうか。」

父は目を細めた。

「退院したら実家に遊びに行ってもいいですか？」

私は言った。

「断れるはずがないだろう、こんなかわいい子を見てしまったら。」

父は私を見もせずに言った。そしてアカネちゃんを私にものすごく慎重にそっと渡して、ポケットから封筒を出して目の前に置いた。

「これ、お祝い金だから。」

「いらないよ、大丈夫だよ。」

私は言った。

「いいから、受け取りなさいよ。」

父は言った。

お金、社会、立場……自分の苦手ないろいろなことがうずまいて一瞬反発を覚えなくはなかったが、受け取ることが親孝行ということもある、と私は思い、そのお金を受け取った。

「ありがとうございます。この子の成長に関わることに必ず役立てます。」

　と私は言った。

　妹と父がいっしょに帰っていくのを窓から見ていた。父の頭のてっぺんが上から見るときれいにはげていたが、それ以外は昔のままの歩き方だった。そして妹は父と歩いているとまるで少女の頃のように甘えん坊に見えた。時間が重なり合ってなにがなんだかわからなくなった。そして腕の中には生きた赤ん坊がいて、くらくらした。

　あの崖のところから、またもこんなに遠くに来ている。速くてもう追いつけない、誰かこれを記録しておいて、と言いたくなった。でもこの瞬間の連なりは私だけに立体的に記録されるものすごいデータなのだ。体にも細胞にも脳にもハートにも刻まれる恐ろしい量の思い出は、私が死んだらこの世からなくなる。厳密には誰とも共有していない。私は私の、妹は妹の、父は父の、五郎は五郎の、アカネちゃんはアカネちゃんの、全然違うそれぞれの世界がわずかに重なり合っているだけで、膨大なそれぞれの思い出宇宙が日々どんどん膨張していく。

　ただそれだけでもう、自分が生きていることのすごさを思わずにはいられない。

　胸が痛いほどにこのところの思い出が重なって、匂い立って、空を見上げずにはいられなかった。空は遠くの坂道の上まで雲もなくすかっと広がっていた。そして金やオレンジや輝くブルーが混じった夕方の色をいっぱいにたたえていた。もうすぐ夜が満ちてくる。仕事を終えた五郎がなにかおいしいものを持ってやってくる。それだけでいい。また赤ん坊が乳を飲み、眠り、おしっこやうんちをして、助産婦さんたちが交代で顔を出し、会話があって……それだけでいいのだった。先のことはきっと、その時の私がちゃんとその時に考えるのだろうから……その人にまかせよう、自分のことなのに妙に頼もしく、私は、未来の私を思った。

ふいにユキコさんがたずねてきたのは、日曜日の夜だった。

五郎は、友達の結婚式があるので面会時間内には寄れそうにないから、と言って夕方にスーツ姿で寄っていった。スーツを着ているのにアカネちゃんを抱っこしてよだれで汚れても全然気にする様子がなかった。私は「この人もまた、なにかを受け入れたかった人なんだな」と改めて思った。そしてそれは私なんかよりずっと盲目的にうまくいっているように思えた。

たとえば私がレストランで見た淋しい家族はなんとなく、いい服を着ているときは子供を抱っこしなさそうに見えたのだ。

スーツ姿でピンクのスリッパを履いて面会に来た彼はなんとなく間抜けて見えたけれど、いやおうなしにお父さんという生き物に変わっていた。私はそこに自分の父親の残像を見たし、きっと彼も私を見て自分の母親をどこかしらで思い出しただろう。そのどこかしらはおっぱいとか赤ん坊をあやしている声とかではなく、襟元の匂いとか、しわしわのパジャマの感じとか、きっとそういう体の記憶として思い出すのだ。

そうやって代が続いていくことをいやおうなしに知るのだ。

五郎はさんざんアカネちゃんと遊び、私の、股の傷を消毒する用のウェットティッシュでスーツのよだれじみを一応ごしごし拭いて、濡れたままで去っていった。


日曜の夕方暗くなるときは、いつも子供の頃のことを思い出す。病院の窓からはにぎわう盛り場に足早に向かう若者たちが見えて、それが落ち着いた頃に夜が来る。いつもよりも街は静かで、街灯の明かりが際だって見えた。子供の頃はいつでも日曜の夜が淋しくて、外に出るのがいやだったのを思い出す。店はみんな閉まっていて、いつもの道が少しよそよそしかったことを思い出す。

自分の部屋の明かりが他よりもうんと温かく見える気がするし、人の家もみなそういうふうに見えるものだった。

私は自分の横ですうすう寝ている赤ん坊の何とも言えない大人びた寝顔を見て、小さくTVをつけて、なんとなくぼんやりとしていた。

その時だった。

見たこともない、中年の細くてきれいな女性が照れたような笑顔ですっと部屋に入ってきたのだ。

私はそれをユキコさんだと直感した。

そして彼女がアカネちゃんに危害を加えないことも、すぐにわかった。

ただびっくりしていたので、私は黙っていた。

すると彼女が口を開いた。

「はじめまして、井本ユキコといいます。」

低い落ち着いた声だった。

よく見ると決して美人顔ではなかった。目と目は少し離れているし、色が黒くて、目の下には消えない隈があった。それでも彼女は堂々としていて、お化粧も時代遅れではなく、服も男好みのセクシーなものではなく、自分の生活にあったさりげないものをきちんと着ているおしゃれな人だった。体の線もそんなにくずれていなくて、全体的にいつもスポーツをしている人みたいななめらかな動きが感じられた。

「はじめまして。」

私は微笑んだ。

この人でよかった、と思った。これからもなにかしらで関わるだろう人だ。だめな人の友達はだめな人だし、好きな人の好きな人はたいていの場合大丈夫、そういうことだろうと思った。これがひとつはずれると大変なことになるのだ。

五郎にはお母さんがいないから、今この場では深く考えず、めったに会わない義理のお母さんがいると思えばいいや、そんなふうにすっと私は切り替えた。この切り替えもアカネちゃんあっての切り替えだと思った。

「あの、五郎の赤ちゃんを、抱っこさせてもらえるかな、と思って、思い切って寄ってみました。行きたいと言ったら止められたので、勝手に来ました。今日こっちのほうに用事があったので、つい。」

ユキコさんはお茶目な感じを押し出しながらかわいく言っていたが、最後は大人っぽくきっぱりと、こう言った。

「もしも、気持ち悪かったら、ほんとうに断ってください。」

私はここで自分にうそをつくと気持ち悪いことになると思い、アカネちゃんを見ながらちょっとだけ考えたが、どう考えても不快感はなかったので、大丈夫だと思った。

「いいですよ。ただ、まだ外からの菌に弱いかもしれないので、手を洗ってもらってもいいですか？」

私は言った。

「入り口で消毒してきました、大丈夫です。」

ユキコさんは言った。

「はい、それならどうぞ。」

私はアカネちゃんを渡した。

「甥も姪ももう大きくなっているので、懐かしいです。」

　ユキコさんはそう言ってアカネちゃんを受け取り、目を細めた。

「かわいいなあ。」

　たとえば人間というものは、ここで赤ん坊を窓から放り投げたり、壁にたたきつけたりもできる。それが私とこの人の関係ではむしろ自然だろう。でもそういうことは起こりえなかった。うまくは言えないが、欲よりも前に人間性が、そして愛のようなものが私たちのあたりを包んでいるのだった。これは決してきれいごとではなく、人選がうまくいくと、可能なことなのだ。大事なのは、ひとつもうそをつかず、つまずかないことなのだと思った。

「ごめんなさい、急に来てしまって。あの、信じてもらえるかどうかわからないけれど、自分にとって五郎さんは、息子みたいな、弟みたいな感じなんです。昔から。だから五郎さんの赤ちゃんは、なんとなく、孫みたいな姪みたいな感じなんです。ほんとうに。」

　父と同じようにこの上なく優しくアカネちゃんを私に返しながら、ユキコさんは言った。

　これよりも一ミリでも偽善的だったり、早口だったり、目が泳いでいたら、私はもう信じなかっただろう。お守りや、おもちゃや、お花を持ってきても重く感じていやだっただろう。あと「痛い思いしてもかわいいでしょう」とか「へその緒が首に巻いてなくてよかった」とかいう、よくある類のちょっとしたブラックマジックを使われても、部屋から早々に追い出しただろう。しかし、ユキコさんからは上滑りしない真実だけがブレもなく伝わってきた。私は、改めて五郎をいいと思った。こんな人を逃がさずにずっといっしょにいたのだから、彼はかなり上等な人だ、と思った。

「わかります。あの、私、全然いやだと思っていません、ユキコさんのことを。それに、私も、まさかアカネちゃんができるとは思っていなくて、狙ったわけでもなくて、びっくりしたのは私と五郎さんなのです。だから、このことでなにかかたくなになっていることは全然ないです。自然な流れの中で、また何回もお会いできたら、と思います。」

私は言った。

「よかったです。」

ユキコさんは笑った。黒真珠のような人だった。静かに鈍いいぶしたような光を持ち、一瞬一瞬違う輝きを見せている。若い頃かなり遊んでいただろう、というのはお化粧に派手さが残っているのでなんとなくわかる。いろいろなことを経験した感じもした。それで全体にとぎすまされてはいても、ユーモアがある感じの人になっていて、余裕がにじみでているのもすごくよかった。

私は貧血の上に授乳でよれよれでパジャマもしわしわだったし髪の毛もぼさぼさだったけれど、彼女が大らかそうだったので全然恥ずかしくなかった。万人が思い描く「年上のかっこいいお姉さん」みたいな感じが彼女にはあった。二十くらいのときの五郎の気持ちがなんとなくわかった。もしもこの人に好きになってもらえたら、他にもう望みなんかない、この世界は全て自分の味方だ、そう思えただろう。

「ああ、嬉しかった！　またそのうち、抱っこさせてください。」

ユキコさんは言った。

「私も、もう一軒の家に最近はよくいるので、あまり五郎さんのとこには顔出さないようにします。そうやって少しずつ離れていく頃合いを、計っていく時期だという気がします。なので、私のこと、ほんとうに気にしないでね。でも、淋しいので、多分全くいなくなりはしないけれど、ほんとうに、いやなふうに思わないでくれると嬉しいです。」

心から伝えたくて言ってくれているのがわかるだけに、五郎の優しい顔を思い描くと、ほんの少し胸が痛んだ。あの笑顔がアカネちゃんや私以外の人に向けられることを思うと。それでも、そう感じるのはきっと今だけなんだろう、という気がした。一度会ってしまったら、なおさらだった。もう知らなかった頃には戻れないし、じょじょに受け入れていくだろう。合わなければじょじょに会わなくなるだろうし、それでも彼女に何かあれば、間接的にでも助けるだろう。たとえば五郎を手放したり、見て見ないふりをすることによって。

人はいろいろな人に囲まれて、少しずつ重なり合って助け合ってなんとか存在しているものだ。五郎の世界にはこの人も大きいパートで存在している、そういうことなのだろうと思えそうだった。

「はい、自然に、なるべく誰もがつらくないように、人生を楽しんでいきたいと、思っている次第です。」

私は言った。アカネちゃんが私を強くしているという側面もあった。

これから何があっても、私はこの子供を嫌いになることはなく、この子もきっと私を好きなままであろう、そんなすごい人物が突然この世に肉体を持って出現したのだから、強くなるに決まっている。

そして目の前の人にとっては、私にアカネちゃんの存在があるように五郎がいる。そのことも忘れてはならない。身をひきしめて、潔くいようと私は思った。相手にとって不足はない、この美しい人は自分を鍛える存在である、そう思ったのだ。

ユキコさんは来たときと同じようにすっと去っていって、私はどっと疲れている自分を知った。かなり緊張していたのだろう。

こういう場では、赤ちゃんのパワーもあるし、まだぼろぼろの私をいたわる気持ちもあり、彼女にもなにかいい意味での勢いがあってあんな優しいことを言ったのだろう。そのことはよくわかっていた。ほんとうのほんとうは人と人はそんなふうではない。いざ離れるとなったら、彼らの間に降り積もった十数年の年月の重みが、彼と彼女の上にどっと降りかかり、どんどん重く積もってくるだろう。彼らでさえもその重みがどれほどか想像がつかないほどだろう。

きっと苦しくて息もできないくらいに、互いを懐かしむだろう。

もっと厚化粧の、ぼろぼろの、むちむちの、時代遅れの、深情けの人が来ておいおい泣いたりしたらどうだっただろう？

そうしたら私はきっと五郎を嫌いになっただろう。その時は大丈夫でも、じわじわと嫌いになっただろう。

でも、実を言うと、このような顛末よりも何十倍も、そのほうが楽なのだ。ふたりの思い出を保ちながら、じょじょにじょじょにふたりがおさまるところへおさまっていくのには、どれだけ時間がかかるだろう。中途半端にフリーズしたり、またしばし離れられなくなったり、いろいろなことをくりかえし、そして離れて行くとも限らない。もしかして離れていくのは私かもしれない。そう、先のことを考えると、考えた分だけ今の私のエネルギーがきっちりと減るのだ。こんなふうに。

そして私は自分のその、鼻持ちならないくらいの選民意識をうとましく思った。五郎を好きになったときにもうユキコさんがつまらないことはしない人だと確信を持っていたとはいえ、赤ん坊なんか抱いてえらそうに彼女の価値を見積もっている自分はなんとなくいやらしいではないか。

もう少し自分も人も許せる日が来るのだろうか、来ないままでいいのだろうか？　そのカギもきっとアカネちゃんが握っている、そんな気がした。この小さな小さな、握られた拳の中に。許しというものはきっとだらしなさでもなく、あきらめでもなく、まるでしとしとと天から降ってくる柔らかい雨のように、あの日、ピクニックをしていた私たちを包んでいた金の光みたいに、心の奥底から静かにこんこんとわきあがってくる予想のつかない力なのだろう。

マミちゃんはさすがに勘がよくて、ほんとうに久しぶりのメールが携帯電話に来たのは、退院する前の日の夜だった。

「そろそろ赤ちゃんはこの世にやってきていますか？　女の子でしたか？　ごぶさたしていてごめんなさい。ずっとお母さんにつきあって、ゆっくりゆっくりと四国を旅して、お遍路さんをしていたのです。お魚がおいしくて、少し太りました。戻ったらまたあのお寺にたまに手伝いに行くようになるので、赤ちゃん連れてぜひ遊びに来てください。昨日、夕方の空を見ていたら、あの日のことを思い出してきゅんとなりました。また会いたいです。マミ」

私はいろいろ言いたかったけれど、顔を見ることしかないなと思ったので、遊びに行く日までは取っておこうと思った。この感謝の気持ちは手紙でもメールでも電話でも表せない。同じ空間に身をひたさないと、うまくいかない。そんな気がした。

「マミちゃん、おかげさまで産まれました。女の子です。アカネちゃんです。落ち着いたら会いに行きます。キミコ」

そう書いて送信したとき、ふっとあの時の、秋の初めの空気の匂いがしてくるようだった。あの庭に立ちこめていた生け花とお線香の匂い。私とマミちゃんの汗の匂い。潮の香り。じっとりと甘い思い出がしみみたいに心に焼きついている。そしてもうあの時の、懐かしい、気味悪いあの家は、この世のどこにもないのだ。私たちの思い出の中だけに存在しているのだ。とても不思議だった。


退院の日は、五郎が車にチャイルドシートをつけて迎えに来た。

私は五郎が自分の車にそんなものを取り付けたということに、いやおうなしに重い現実を感じていた。そして彼の覚悟のようなものも感じた。

そう、彼はある午後にお弁当を食べたあと、寝ているアカネちゃんの横で認知届けを書いた。赤ん坊がくうくう寝ていて、日光が部屋に満ちていて、私はごろごろ寝ていて、そして五郎は背中を丸めて書類を書いていた。

どんなゆがんだ形でもこれが家族の肖像なのだ、と思った。

チャイルドシートはまだ赤ちゃんの首がすわっていないので、横向きに寝かせるものだった。助産婦さんや先生がにこにこしてエレベーターで見送ってくれた。私の穴や股や泣き顔や不格好な歩き方や小さい乳首や、なんでもかんでも知っている人たちだった。私は彼らをとても懐かしく思い、夜中の廊下の明かりを思い出して切なくなった。

私と妹と五郎は、おじぎをして手を振って、病院を後にした。

イルカの世界からやってきた小さな命は、いろいろな冒険を経てやっと肉体を持っておうちにたどりつくことになった。そしてまだお腹がへこまない老けたお姫様は命からがらその身を我が家のベッドに横たえることになるのだった。

「仰向けに寝れるのがとにかく嬉しいんだ。」

と私は言った。

「最後の方は、上を向いて寝ると圧迫されて貧血になったもの。」

「やっとお姉ちゃんの体がお姉ちゃんのもとに戻った。」

と妹は言った。

車の振動が気に入ったのか、アカネちゃんはすやすや眠りだした。運転席の五郎は「悪い、俺は今しゃべる余裕がない。」と言って、おもしろいくらい慎重に運転していた。まるで免許取り立ての人みたいに肩を緊張させ、目を見開いている。五郎にとっても、赤ちゃんを初めて家に送るこの道のりは一生にたった一度の経験だ。

シロのことをまた思い出した。

シロはベランダでひなたぼっこするのが大好きだったのに、最後は寝たきりになって、陽ざしがこわくなったのかベランダに出すといやがるようになった。

手ごたえなく軽くなった遺体を寺に運ぶために外に出したとき、シロの毛にさっと光があたって、まるで生きていたときに毎日ベランダで寝ていたときみたいにふさふさに見えた。それは剝製のつやめきとは全然違う。尊い思い出の残像だった。

「外の光にやっと当たることができたときには、こんな姿になってしまったね。」

と話しかけて、私は泣いたものだった。

母の遺体が実家を出るときとはまた違う、初めて自分だけの部屋で暮らして消えていった命の切なさだった。

そして今度は私は私の部屋の中に新しい命を運び込むのだった。

そのふたつは一見悲しみと喜びのように見えるが、実はさほど変わらないものなのだと私は感じていた。あの陣痛の暗黒の、永遠の痛みの中をさまよって、そう思ったのだ。あんなに死の匂いの近くに行ったことはない。つまり赤ちゃんもそのときは同じく暗い世界にいたのだろう。産まれるとやっぱり嬉しいからすぐ忘れてしまうだけで、いつかまたその逆の道をきっちりと通って、人はあちら側の世界にまた戻っていく。生きている間は喜びのほうが好きと思いたい、それが人間のくせだというだけで、同じことなのだ。きっと。

久しぶりに出た外はなんでもきれいに見えた。遠い空も、道行く人も、ぴかぴかに磨かれた車たちさえも。ここで、この世界で私はまだしばらくは生きていくのだろうと思った。

願わくば、この肉体がこの世にあるあいだ、なるべく多くの愛をいろいろなものに注げますように、そう思った。

そして当分はそのことのカギを、やっぱり横にいるこの小さな生き物の手が、紙みたいに薄い爪が、つるつるのほっぺたが、小さな唇が握っているのだ。この小さな生き物を中心にして、私は世界に出会いなおし、学び直し、つながりなおすのだろう、赤ちゃんを見つめながら、そう思った。

そんな気も知らずに、あらゆる生き物の赤ん坊がそうであるように、小さなまぶたをぎゅっと閉じて、アカネちゃんは眠っていた。水の世界から空気の世界にやってきた疲れを癒し活力を取りもどすために、ただひたすらにぐっすりと。彼女を愛する人たちしか乗っていない車の中で、すやすやと寝息をたてて眠っていた。

装幀　大久保明子
装画　山西ゲンイチ
書き下ろし作品

イルカ

２００６年３月３１日　　第１刷発行

著　者　よしもとばなな

発行者　白幡光明

発行所　株式会社　文藝春秋
東京都千代田区紀尾井町3-23　〒102-8008
電話 (03) 3265-1211 (大代表)

印　刷　精興社

製　本　加藤製本

定価はカバーに表示してあります。
万一、落丁乱丁の場合は送料当方負担でお取替えいたします。
小社製作部宛お送り下さい。

Printed in Japan　　ISBN4-16-324760-2